AF198116

Zum Autor

Christian Beese, geboren 1964 in Kiel, ist hauptberuflich im Bereich Maschinenbau tätig. Seine gesundheitlichen Rückschläge und Erfolge haben ihn angeregt, ein Buch zu schreiben.

Als Sohn und Vater, inspiriert von Tanz und Musik, ist er offen, die Welt aus neuen Perspektiven zu sehen.

www.Fortsetzung.de

Neuer Blick Von Dominik

LEARN LIFE LEADING

Autor und Herausgeber:
Christian Beese

© 2017 Christian Beese
Layout: Christian Beese
Homepage: Fortsetzung.de

Lektorat: Solveig Marcus

Verlag: tredition GmbH, Hamburg
Halenreie 40-44, 22359 Hamburg

ISBN
978-3-7439-7682-5 (Paperback)
978-3-7439-7683-2 (Hardcover)
978-3-7439-7684-9 (e-Book)

Bibliografische Information der Deutschen Nationalbibliothek: Die Deutsche Nationalbibliothek verzeich-
net diese Publikation in der Deutschen Nationalbibli-
ografie; detaillierte bibliografische Daten sind im Internet über http://dnb.dnb.de abrufbar.

Inhalt

Goldenes Herz

Vollkommen bin ich, vollkommen glücklich. Verliebt bin ich, verliebt in diese wunderschöne Frau. Leicht fühle ich mich, als würde ich schweben. Warum konnte nicht alles schon so anfangen, wie es jetzt ist? Warum musste ich bis Mitte 40 suchen, lange Zeit Single sein, versuchen und immer wieder scheitern mit meinen Beziehungen? Niemals vorher war ich so glücklich, wie in diesem Moment.

Ich sehe sie an. Wir sitzen an einem kleinen, runden Tisch in einem kleinen Café. Nur eine Sekunde meines Lebens, lieber Leser, und ich könnte nur über diesen Moment schreiben und schreiben. Meine rechte Hand liegt auf dem Tisch mit der Handfläche nach oben. Ihre linke Hand liegt in meiner Hand und es fühlt sich an, als ob ich niemals mehr erreichen könnte als das. Auf dem Tisch zwei Tassen Cappuccino, eine kleine Vase mit einer kleinen Rose und ein Schlüsselbund mit einem einzigen Schlüssel und einem kleinen goldenen Herzchen. Es duftet nach Kaffee und Vanille, aber das nur am Rande. Es duftet nach Liebe, ich kann sie riechen, ihr Parfum und ihre Haut. Im Hintergrund höre ich italienische Musik, eine

Opernsängerin? Das Stimmengewirr ist dominanter.

Wir beide sind in diesem Moment hier. Keine Gedanken an irgendetwas außerhalb dieser Wände. Ganz langsam streichle ich mit meinem Daumen über ihren Handrücken. Wir atmen beide tief ein und aus und lächeln uns einfach nur an.

Es sitzen noch weitere Gäste an weiteren Tischen, aber darüber kann ich nicht viel sagen. Vermutlich sehen alle zu uns herüber und spüren unsere Liebe.

Ich wurde in dieser Stadt geboren und war auch schon oft in diesem Café, allein und in Begleitung, aber in diesem Moment ist alles anders und schöner. Einfach perfekt und in Dankbarkeit eingetaucht.

Rollen

Mein Name ist Dominik. Ich sitze in meinem Auto. Wie Tumbleweed[1] gleite ich über die leere Straße. Von meiner CD ertönt „Tumbling Tumbleweed" von Roy Rogers &

---

[1] Tumbleweed ist eine Pflanze, die in Nordamerika vorkommt und sich dadurch ausbreitet, dass sie sich kugelförmig vom Wind treiben lässt. Irgendwann wird sie sesshaft und verwurzelt sich am Boden.

Sons Of The Pioneers. Ich fühle mich manchmal wie Tumbleweed. Der Wind treibt mich voran. Es sind keine Wurzeln da, die mich halten. Es gibt einen Grund, warum ich rolle und nicht verwurzelt bin. Ich rolle gern, bin gern frei und doch fehlt mir auch ein Zuhause. Ich bin nicht obdachlos, ich habe ein Dach überm Kopf, ein Bett zum Schlafen... Es ist etwas Anderes. Eigentlich fehlt mir nichts. Ich habe viel zu geben. Ich lege meine Hand auf den Beifahrersitz. Der Platz neben mir ist frei.

Vielleicht habe ich einfach noch nicht den richtigen Moment gefunden? Vielleicht ist Geduld die Antwort? Es geht mir so gut, dass ich eigentlich nichts ändern möchte, und so schlecht, dass ich mich unendlich leer fühle. Ich habe einen Job, eine Wohnung, ein Auto, liebe Freunde und bin gesund.

Mein Armaturenbrett leuchtet. Ich gleite durch die Stadt. Lichter strahlen von Geschäften, Reklame möchte auf sich aufmerksam machen, Straßenlaternen leuchten, Autos fahren vorbei, alles bewegt sich, weil ich mich bewege. Lichter reflektieren in den Scheiben, wie Feuerwerk. Es wird heller und wieder dunkler, wenn ich unter den Laternen hindurchfahre. Mal sehe ich meine Hand am Lenkrad deutlich vor mir, dann ist sie in Dunkelheit getaucht. Die Reflektionen meiner Brille fassen alles in einen funkelnden Rahmen ein. Alles scheint in Bewegung. Die Straßenlaternen stehen still, vielleicht schaukeln sie ein wenig? Unser Planet dreht sich und kreist um die Sonne, also ist sehr viel Bewegung da, die ich aber nicht spüre. Ich drehe mich durch das Universum und rolle, wie Tumbleweed.

Ich liebe diesen Song von Roy Rogers & Sons Of The Pioneers. Er fließt, er rollt, er weht wie der Wind, er geht langsam, bleibt nicht stehen, rollt und rollt. Wie die Zeit, das Licht und die Schatten.

Ich werde langsamer und biege ab. Auf dem Parkplatz halte ich an. Ich schalte den Motor aus, atme tief ein und langsam wieder aus. Das Licht- und Farbenspiel hat aufgehört. Ich komme zur Ruhe.

Was sehe ich jetzt? Ein Stillleben, eingefasst vom Rahmen meiner Frontscheibe, das Lenkrad steht als Ringabschnitt im Vordergrund. Ich blicke auf das Bowlingcenter. Ein flaches Gebäude mit wenig Verglasung. Durch die Perspektive scheint es nach links in der Unendlichkeit zu verschwinden. Die Mauer ist gekalkt, die Oberfläche leicht verwittert. Ein großer, blauer, leuchtender Stern ragt neben dem Eingang über das Gebäude hinaus, daneben schwebt der Name des Bowlingcenters in bunten Buchstaben mit leuchtenden Rändern: „Blue Star Lane".

Vor dem Center steht ein grüner Ford Torino. Amerikanische Autos sieht man hin und wieder hier in Deutschland, aber dieser Torino vor dem Bowlingcenter gibt der Szene etwas Besonderes. Dieses Auto dominiert den Parkplatz, während alle anderen Fahrzeuge einfach nur abgestellt sind. Der Song klingt aus. Ich bin im Hier und Jetzt. Entspannt.

Sebastian radelt an meinem Auto vorbei, klopft dabei leicht aufs Dach. Er hebt im Weiterfahren seine Hand zum Gruß und landet während des Absteigens exakt im Fahrradständer. „Hey Basti", rufe ich, während ich mein Auto abschließe. „Hey Nick, alles in Ordnung?" Er bleibt stehen und wartet auf mich. Was soll ich ihm sagen, mein Herz ausschütten? Ihm sagen, dass ich mich leer fühle? Wohl kaum. „Lass uns bowlen gehen", ich lächle ihn an.

Wir gehen auf den Eingang zu, Seite an Seite. Jeder öffnet einen Türflügel. Rock 'n' Roll! Wir springen gleichzeitig die beiden Stufen hoch. Die Musik kommt auf uns zu. Der Schall ist die Bewegung, die mich in Schwingungen versetzt, mein Herz schlägt dazu im Takt. Ich tauche ein in diese Welt aus Rhythmus und Freude.

Es riecht nach Wachs und Maschinenfett. Zu unserer Rechten stehen beleuchtete Vitrinen und zeigen typisches Bowlingzubehör - Bowlingkugeln in verschiedenen Farben. Ein paar besondere Exemplare stehen im Spotlicht. Dazu liegen dort Bowlingtaschen und die klassischen Bowlingschuhe mit rot, blau und grün abgesetzt. Links von uns steht der Tresen mit vielen Bildern im Hintergrund von Partys und Wettbewerben auf der Bahn.

Mike sitzt da und begrüßt uns auf seine mittlerweile gewohnt passive Art. Früher war er oft aufgeregt, nervös und in Bewegung. Einige Jahre hat er hier viel Energie investiert, um seinen Traum mit diesem Bowlingcenter zu verwirklichen. So entspannt und ruhig gefällt er mir besser.

Er greift nach unten, liest dabei weiter in einem Buch und stellt unsere Schuhe auf den Tresen. Dann schaut er uns an, lächelt ein wenig und nickt uns zu: „Auf euch ist Verlass! Viel Spaß auf der Bahn!"

Seit vier Jahren kommen wir schon in das „Blue Star Lane". Es sind sogar schon fast fünf. Immer am Dienstag, immer um 19:30 Uhr. Nummer 22 ist unsere Bahn, sie ist für uns reserviert. Wir greifen nach unseren

Schuhen. Mike bewahrt sie für uns auf. Vor 3 Jahren haben wir sie hier gekauft. Sebastian antwortet: „Auf dich ja auch! Grüß dich, Mike!".

Bei Mike hat sich viel verändert in den letzten Jahren. Ich sitze gern mal mit ihm zusammen, wenn ich auf die anderen warte und höre ihm zu. Er isst kein Fleisch mehr, trinkt keine Milch und verzichtet weitestgehend auf Alkohol. Sein ganzes Äußeres hat sich verändert. Interessant ist es, wirklich interessant.

Ich gehe mit Sebastian zu unserer Bahn, es fällt kein weiteres Wort zwischen uns, wir verstehen uns auch so.

Ich setze mich auf meinen Stammplatz. Sebastian setzt sich mir gegenüber. Er blickt an mir vorbei in Richtung Eingang. Das macht er immer, wenn Lea und Vivian noch nicht da sind. Dann sieht er über seine linke Schulter, während er die Schuhe wechselt. Er orientiert sich im Raum. Eigentlich ist immer alles gleich, aber vielleicht ist das gerade der Grund, warum er sich umschaut. Er prüft, ob auch alles an seinem Platz ist.

Ich beobachte ihn, schaue an ihm vorbei, auf die Regale mit den Bowlingkugeln. Die Kugeln warten auf uns. Irgendwann rollen sie. Sie rollen mit der gegebenen Energie auf ein Ziel zu, treffen auf Hindernisse und finden einen neuen Weg. Ähnlich wie ein Tumbleweed.

So eine Kugel kann sich nicht im Raum orientieren. Sie hat auch keinen Einfluss auf ihren Weg. Sie folgt den physikalischen Gesetzen und ihrer Bestimmung. Bis sie ihr Ziel erreicht, sind die Faktoren, wie Masse, Bewegungsenergie und Luftwiderstand immer sehr ähnlich. Ganz feine Abweichungen in Bezug auf Richtung und Geschwindigkeit ergeben allerdings unendlich viele Möglichkeiten im Hinblick auf das, was beim Kontakt mit den Pins passiert.

Für mich sehe ich einige Parallelen zu den Kugeln. So rolle ich sicher auch auf etwas zu, ohne einen blassen Schimmer, was da auf mich wartet. Ich kann für mich selbst entscheiden, handeln und mich bewegen, aber genau wie bei einer Kugel auf ihrer Bahn sind auch in meinem Leben mir nicht bekannte Faktoren im Spiel, die mitentscheiden, was passieren wird. So starte ich jeden Tag neu auf meinen gewohnten Bahnen, mit meiner gewohnten Geschwindigkeit.

Sebastian schaut mich an und fragt: „Das Übliche?" „Klar", sage ich. Er steht auf und geht in Richtung Bar. Ich schaue ihm nach. Im selben Moment kommen Lea und Vivian

14

ihm entgegen. Die beiden befinden sich in einer intensiven Unterhaltung und lachen. Lea bleibt stehen und wirkt skeptisch. Vivian dreht sich um und geht wieder zu ihr zurück. Sie tuscheln und schnattern. Dann begrüßen sie Sebastian und winken mir zu. Ich lächle zurück, setze mich vor den Touchscreen und gebe unsere Namen ein.

Lea und Vivian kommen zu mir, während sie sich weiter unterhalten und lachen. Ich stehe auf und begrüße sie mit einer Umarmung, aber ich unterbreche sie nicht bei ihrem regen Austausch.

Vivian berichtet von ihrem gestrigen Taschenkauf: „Warum tut es eigentlich so gut, wenn ich eine Tasche kaufe? Ist mir ja auch egal, es tut eben gut. Erst dachte ich, dass ich mich wohl niemals für eine Tasche entscheiden kann. Ich wollte sie alle haben, aber dann habe ich diese hier gesehen. Schau mal, ist die nicht toll? Mit einem lila Herz und es steht Preetz drauf!"

Ich kann mich schwer dafür begeistern, aber zum Glück ist sie ja auch nicht für mich. Lea ist entzückt und möchte wissen: „Was hat die gekostet? So eine möchte ich auch! Wollen wir morgen mal wieder shoppen?"

Sebastian kommt mit einem Tablett zurück und überreicht zuerst den Mädels ein

Glas Sekt, dann mir das kleine Bier. Er prostet uns mit den Worten zu: „Auf den Abend mit euch!" „Auf den Abend!", antworten wir im Chor und heben das Glas.

Ich fühle mich immer gut aufgehoben beim Dienstagsbowling mit Sebastian, Lea und Vivian. Sie geben mir das Gefühl, ein wichtiger Mensch in ihrem Leben zu sein. Mir sind sie sehr wichtig, sie halten mich auf der Bahn. Vielleicht sind sie meine physikalischen Kostanten? So lange ich mit ihnen unterwegs bin, rolle ich auf der richtigen Bahn. Nur komme ich nicht an. Habe ich das Ziel verpasst oder warte ich noch darauf, es zu erreichen? Gibt es überhaupt ein Ziel und wie sieht es aus? Wie kann es sein, dass ich mich einsam fühle, obwohl ich mit diesen lieben Menschen meine Zeit verbringen darf?

Während Lea ihre erste Kugel rollt, spüre ich den Blick von Vivian. „Geht es dir gut?", fragt sie mich. „War schon schlechter." „War aber auch schon besser", kontert sie. Ich blicke zu ihr. „Etwas fehlt", gebe ich ihr zu verstehen. „Keine Ahnung, was es ist." Sie legt ihre Hand auf mein Bein und stellt fest: „Doch, du weißt es!"

Leas zweiter Wurf räumt ab. Sie kommt auf uns zu, sieht mich an und stellt fest: „Du siehst so traurig aus!"

Vivian prüft die Kugel in ihrer Hand, während Lea sich zu mir setzt. „Was ist denn?" Ich blicke nach oben an die Decke, als würde ich in den Himmel sehen. Es ist seltsam, mit Vivian kann ich über alles reden. Sie sieht mir an, wie es mir geht, bevor ich es selbst sagen kann und wenn ich mit ihr rede, kommt manchmal etwas aus mir heraus, was mir selbst noch nicht klar war. Bei Lea ist das ganz anders.

„Bekommt deine Schwester keine Antwort?", fragt sie mich. Ich schrecke auf: „Doch, natürlich!" Dann lege ich meinen rechten Arm um ihre Schultern und ziehe sie leicht an mich. „Alles okay!" Ich stehe auf.

Vivian hat einen Strike geworfen und zwinkert mir zu. Ich gebe Lea noch ein Lächeln zum Trost und streichle über ihren Rücken. Ich empfinde viel für sie, würde ihr in jeder Not helfen, aber manchmal kann ich sie nicht richtig an mich heranlassen. Nach unserer Kindheit sind wir unsere eigenen Wege gegangen und hatten wenig Kontakt. Warum eigentlich? Erst durch ihre Freundschaft zu Vivian und über das Bowling haben wir wieder zueinander gefunden. Etwas ist da zwischen uns, was uns auf Distanz hält.

Ich gehe auf die Regale zu und suche mir eine Kugel. Die dort in lila wäre sicher die erste Wahl für Vivian. Intuitiv greife ich nach einer Kugel. Sie liegt schon so im Regal, dass ich sie mit den Fingern meiner linken Hand direkt aufnehmen kann.

Ich gehe zur Bahn, balanciere die Kugel in meiner Hand aus. Tief einatmen, Schultern hängen lassen, Pins fixieren. Jetzt nur einfach vertrauen und nicht nachdenken, einfach tun. Ich kippe leicht nach vorn, während mein linker Arm nach hinten schwingt. Die Kugel schwingt erst zurück und dann vor. Kurze Schritte mit einem abschließenden Stopp. Mein Wurf ist getan, die Kugel auf dem Weg. Ich kann nichts mehr tun, nur noch zusehen. Die Kugel schwenkt ein, sucht ihre Gasse. Strike!

Ich drehe mich zu meinen Freunden um. Sebastian kommt mir entgegen. Er spitzt leicht seinen Mund und schließt kurz die Augen in Verbindung mit einem Nicken. „Hau weg!", entgegne ich ihm und gehe wieder zu Lea und Vivian. Sie unterhalten sich angeregt. Ich höre ihre Worte, klar und deutlich, doch folge dem nicht, was sie sagen. Sie reden auf ihre Art und Weise, erzählen ihre

Geschichten. Ich setze mich ihnen gegenüber hin.

Sebastian steht auf der Bahn und lässt sich Zeit. Er hält die Kugel vor seiner Brust in der Hand. Sein Kopf ist gesenkt. Gleich wird er die Kugel auf die Bahn bringen. Ich kenne ihn schon seit der Schulzeit. Wir haben wilde Zeiten miteinander verbracht, sind durch Discotheken gestreift und waren damals mit unseren Motorrädern unterwegs. Seit ein paar Jahren ist er mit Ulrike glücklich verheiratet. Ulrike und Sebastian geben sich gegenseitig genügend Freiraum, ohne dass es ihre Partnerschaft beeinträchtigt, im Gegenteil, es bereichert sie. So stelle ich mir auch eine gute Beziehung vor.

Sein Wurf ist wieder einmal erfolgreich. Er kommt von der Bahn zurück und schaut mich an. Dann setzt er sich neben mich und ich frage ihn, wie es Ulrike geht. „Es geht ihr gut", antwortet er und fügt an: „Sie freut sich jedes Mal auf Dienstag, sie liest jetzt in ihren Büchern." Ulrike ist Heilpraktikerin und ständig auf der Suche nach neuen Heilmethoden. Laut Sebastian beschäftigt sie sich gerade mit Dunkelfeldmikroskopie.

Ich greife mein Bierglas und stoße mit Sebastian an: „Auf deine liebe Ulrike!" Lea hat meinen Trinkspruch gehört und stößt mit uns an: „Auf Ulrike, die Schamanin!"

Ich möchte den Moment genießen. Wenn nur diese leichte Unruhe nicht wäre, dieses unterschwellige Gefühl der Einsamkeit. Morgen ist auch noch ein Tag, sage ich mir. Mit dieser Einstellung komme ich zur Ruhe.

Ich liege in meinem Bett. Jetzt kann ich nichts ändern. Dinge werden passieren oder nicht passieren. Wenn ich zehn Jahre zurückschaue und sehe, wo ich damals war, dann konnte ich wohl kaum erahnen, was sich zurzeit ereignet. Ergo, jetzt ist nicht der Moment, über die Zukunft zu spekulieren. Jetzt ist nur Entspannung und Ruhe richtig. Wie Lennon in einem seiner Lieder singt. Dein Leben geschieht. Du machst deine Pläne. So viele Faktoren sind da, dass du niemals die volle Kontrolle haben kannst.

Der Traum

Ich habe dieses große Haus verlassen, durch eine große Flügeltür, gehe die Treppen hinab und fühle mich schlecht. Ich habe eben erst eine schlimme Sache erfahren, aber ich kann mich nicht erinnern, welche es ist. Die Sonne blendet mich extrem! Der Gehweg reflektiert die Sonne. Ich sehe hinunter auf meine Füße. Schritt für Schritt bewege ich mich vorwärts. Ich möchte raus aus dieser

Situation, diesem Gegenlicht. Wo ist Schatten? Wenn ich weiter vorwärtsgehe, finde ich vielleicht einen Schattenplatz, also bewege ich mich vorwärts! Wenn ich nach oben sehe, blendet es mich so sehr, dass ich meine Augen schließen muss. Es ist einfach zu hell. Ich werde panisch. Was ist hier los? Wie kann ich mich jetzt orientieren? Ich bleibe stehen. Mit meinen Handflächen bedecke ich beide Augen. Erleichterung. Es ist dunkel. Das ist besser als geblendet zu werden. Ich hebe den Kopf. Um mich herum höre ich Personen reden, höre ihre Schritte, niemand hilft mir. Soll ich um Hilfe rufen? Dann öffne ich langsam einen Spalt zwischen meinen Fingern. Ganz langsam. Helle Strahlen. Ein paar Umrisse sehe ich, Hauswände, Dächer. Ich senke meinen Kopf, unter mir ist der Gehweg. Was soll ich tun? Ich versuche es noch einmal. Ich hebe langsam meinen Kopf, während meine Fingerzwischenräume kleine Schlitze bilden. So sehe ich Details, eine Straße, Häuser. Ich gehe vorwärts. Ich gehe weiter. Was soll ich sonst tun, hier stehen bleiben? Aber etwas ist nicht richtig! Ich bin unsicher, habe Angst, weil ich nicht weiß, was mit meinen Augen nicht stimmt. Mein Kopf dröhnt, hämmert. Meine

Augen schmerzen. Ich bin in einer ausweglosen Situation. Um mich herum scheint die Welt keine Notiz von mir zu nehmen. Ich kann diese Welt nicht erkennen. Jedenfalls nicht mit meinen Augen. Ich will hier nicht sein, will mich nicht mehr geblendet fühlen, will nicht diese Panik haben. Was soll ich nur tun?

Ich wache auf, schweißgebadet. Es ist dunkel. Etwas Licht kommt von draußen. Ich schalte meine Nachttischlampe ein und setze meine Brille auf. Ich kann normal sehen. Es war nur ein Traum. Schon wieder dieser Traum. Es ist jedes Mal wieder beängstigend. Warum träume ich das? Ich habe keine Erinnerungen dazu aus meiner Vergangenheit. Gut, mit meinen Augen habe ich seit meinem 22. Lebensjahr Probleme, doch nicht in dieser Dimension. Eine angeborene Hornhautverkrümmung und eine leichte Kurzsichtigkeit korrigiere ich mit einer Brille. Die Veränderungen kamen ganz langsam. Alle zwei bis drei Jahre gehe ich zum Optiker. Meistens sind die Veränderungen so gering, dass der Aufwand für eine neue Brille nicht lohnt. Ich trage auch gern eine Brille, sie steht mir, denke ich.

Aber warum ist in meinem Traum alles so hell? Warum bin ich so geblendet? Ich ziehe meinen durchgeschwitzten Pyjama aus, ziehe mir frische Wäsche an und gehe wieder ins Bett. Mich zu beruhigen ist mühsam.

In meinem Traum komme ich aus einem Gebäude. Was war in diesem Gebäude passiert? Ich habe in diesem Traum ein seltsames, äußerst bedrückendes Gefühl. Eine schlechte Nachricht hatte ich bekommen. Welche Nachricht war das? Es hilft mir jetzt nicht weiter, wenn ich grüble. Ich sollte eher schlafen, also entspanne ich meine linke Hand. Das hilft mir meistens, um einzuschlafen. Ich entspanne meine linke Hand, ich konzentriere mich nur noch auf sie, meine linke Hand,…,ich entferne mich und schlafe ein…

Der nächste Morgen. Ein Tag im Büro, wie viele andere auch. Meine Arbeit wartet auf mich. Der Bildschirm hat ein klares Bild. Ich sehe nach links und nach rechts, aus dem Fenster und wieder auf meinen Monitor. Meine Augen funktionieren super. Mit Brille ist alles gut zu sehen.

Mein Kollege Jakob sitzt mir gegenüber. Wir haben unsere Monitore so angeordnet, dass wir uns sehen können, wenn wir auf unserem Stuhl ein Stück zur Seite rollen. Ich rolle also langsam nach rechts. Jakob ist so sehr in seine Arbeit vertieft, dass er mich scheinbar nicht wahrnimmt.

Ein paar Jahre sitzen wir hier schon in diesem Büro zusammen. Unsere privaten Höhen und Tiefen tauschen wir hin und wieder aus und wir gehen mittags oft zusammen in die Pause.

Er schaut mich jetzt an und mustert mich. Er sieht besorgt aus. Dann fällt mir auf, dass ich wohl wieder etwas in mich gekehrt bin. Mein Gesichtsausdruck ist dann, so wurde mir gesagt, eher abwesend. Ich lächle ihn an. „Alles in Ordnung", sage ich. „Es ist nur so, ich hatte letzte Nacht wieder diesen Traum, in dem ich so geblendet bin, dass ich mich nicht orientieren kann." „Scheiß Traum", meint Jakob und macht seine typische Geste. Sein Arm ist nach oben ausgestreckt. Seine Hand scheint mit den Fingern von oben herab in kleinen Bewegungen etwas hinwegzuwischen. Es soll so viel heißen, wie, vergiss es einfach. Ich nicke, „vielleicht ist es besser, wenn ich dich heute Mittag zum Essen einlade." Jakob schaut mich fragend an: „Besser als was?" „Naja, zur Sicherheit, mit dir als Begleitung finde ich auf jeden Fall den Rückweg!" Ich zwinkere ihm zu. „Deal! Wo gehen wir hin?" Ich überlege. „Mittagstisch beim Fleischer unseres Vertrauens?" Er nickt.

Ich blicke wieder auf den Bildschirm. Ich bin zufrieden mit diesem Job. Die Aufgaben überfordern mich nicht. Jetzt gerade überarbeite ich technische Zeichnungen. Die alten Revisionen wurden handschriftlich geändert und ich übertrage die Änderungen in das Original.

Manchmal denke ich, dass ich hier zu viel Zeit verbringe. Etwas anderes machen könnte. Doch fehlt mir der Anstoß, mich woanders hinzubewegen. Dort draußen ist so tolles Wetter und ich sitze hier im Büro. Was brauche ich eigentlich? Meine Wohnung, Lebensmittel, ein Auto. Brauche ich ein Auto? Ich brauche diesen Job. Eigentlich möchte ich lieber mit dem Rad fahren.

Es ist 12 Uhr. Mittagspause. Jakob und ich schlendern kurz darauf die Straße entlang, wir gehen knapp 5 Minuten zur Fleischerei. „Sag mal, in deinem Traum, erkennst du überhaupt etwas?", fragt er mich. Ich antworte: „Ja, den Weg unter mir." „Ist das dieser Weg hier, unter uns?" Ich entgegne: „Nein, es sind andere Pflastersteine. Viel mehr kann ich nicht erkennen. Vielleicht noch ein paar Umrisse von Dächern."

Wir sind angekommen. Jakob sagt freudig: „Mal schauen, was heute auf der Karte steht!" Ich schaue auf die Tafel an der Wand und lese: „Wiener Schnitzel mit Pommes Frites, ist doch okay?" „Lecker!", höre ich. Wir gehen hinein. Es duftet nach Räucherware. Es hängen Schinken an der Wand, Kochwürste, Mettwürste und so weiter. Wir gehen zur Heißen Theke, hier werden mittags immer die Gerichte angeboten. Vor uns sind noch vier Kunden, wir warten. Mein Hunger meldet sich und ich freue mich auf die Mahlzeit. Ich sehe in der Auslage Schnitzel und Pommes.

Es ist ein schönes Gefühl, Hunger zu haben und essen zu können. Meine Freude bringt mich zum Lächeln. Gleich sind wir an der Reihe.

Vor mir steht noch ein Handwerker mit Zollstock und Bleistift in der Beintasche. Der hat sicher auch großen Hunger. Er hat schon das Kleingeld in der Hand und schüttelt es in der Faust. Das Geräusch verhallt in meinen Ohren. Ich werde ganz ruhig. Pause, alles hält an. Dieser Moment ist wie eingefroren.

Ganz langsam fängt mein Gehirn an, visuelle Informationen zu verarbeiten. Ich spüre, wie mein Herz klopft. Ich sehe an dem

Handwerker vorbei. Ein Gesicht lächelt mich an. Ich sehe zwei braune Augen. Ich lächele. Mein Hunger und die Freude über das Essen sind nicht mehr der Grund dafür. Es ist ein Glücksgefühl in meinem Bauch. Ich lächele zurück.

Wie gut das tut, nur dieser eine Blick von einer fremden Frau. Ihre Augen geben mir Wärme und Ruhe, zugleich sind sie aufregend lebendig. Es brennt sich in mein Bewusstsein ein. Vielleicht dauerte es nur eine Sekunde. Zeit scheint sich hier zu verlangsamen. Als würden mir die Pins nur so um die Ohren fliegen, mit lautem Krachen, so dass ich nichts Anderes in meiner Umgebung mehr wahrnehmen kann. Dieses liebe Lächeln wärmt mich durch und durch.

Dann trennen sich unsere Blicke. Die Gegenwart holt mich langsam ein. Ich höre leise Geräusche um mich herum. Eine Stimme ruft mich, doch ich folge noch der Bewegungsbahn der Unbekannten.

Dann weckt mich ein sanfter Stoß endgültig auf. „Zwei Mal bitte, wir essen hier." Ich nicke Jakob zu. Die Unbekannte geht aus der Tür, dreht sich noch einmal um, hebt eine Augenbraue und zwinkert mir zu. Ihre braunen Haare werden vom Wind gehoben, als ob sie mir winken wollen. Dann ist sie weg, aus meinem Blickfeld verschwunden.

Ich stehe immer noch an der Heißen Theke und spüre wieder einen leichten Stoß. Jakob fordert mich auf zu bezahlen. Ich sehe ihn an, suche mein Portemonnaie, möchte etwas sagen. Ich räuspere mich. Dann hole ich das Geld heraus und bezahle. Ich drehe mich noch einmal zur Tür um.

Ich fühle mich wie angewurzelt, wie angekommen. Die Zeit blieb stehen, das Tumbleweed rollt nicht mehr, es ist stehengeblieben, um im Boden zu verwurzeln. Als bräuchte ich nicht mehr weiter zu kommen. Ich fühle mich, als wäre ich am Ziel.

Ich nehme meinen Teller und wir suchen uns einen Sitzplatz. „Hast du einen Engel gesehen?", fragt mich Jakob scherzend. Ich antworte ihm mit einem breiten Lächeln: „In der Tat, sie hat gelächelt wie ein Engel." „Woher kennt ihr euch?" Das frage ich mich auch. Irgendwie ist sie mir vertraut, ich kenne sie bereits, aber nicht aus diesem Leben. „Ich habe sie heute zum ersten Mal gesehen." Jakob ist verwundert: „Wie findest du sie wieder?", ich zucke mit den Schultern und vertraue einfach auf das Universum: „Weiß ich nicht, wir werden uns finden. Müssen wir." Ich fange an zu essen, ich kaue langsam auf einem Pommes Frites. Jetzt kommt mein Hunger deutlich in den Vordergrund. „Es hat dich erwischt", meint Jakob. „Das war wie im Himmel", antworte ich, „vielleicht sollten wir morgen wieder hier essen." Jakob nickt.

Endlich Wochenende. Es ist Samstag und es findet wieder der Jahrmarkt statt. Sebastian möchte schon seit einigen Wochen mit mir ein Bier trinken gehen und ich mit ihm. Jahrmärkten gehe ich eigentlich seit einigen Jahren aus dem Weg. Aus irgendeinem Grund bin ich aber heute hier. Wenn ich mich mit den falschen Leuten verabrede, kann es schnell passieren, dass ich mehr Alkohol trinke, als mir guttut. Den nächsten Tag verbringe ich dann im Bett oder auf dem Sofa. Mit Sebastian bleibt es meistens bei wenigen Bierchen.

Wir schlendern über den Marktplatz. Noch ist es recht hell, die Buden sind aber schon beleuchtet. Es gibt die üblichen Stände mit Zuckerwaren und Schwenkgrill. Wir gehen vorbei an einem Kettenkarussell und einer Geisterbahn.

Ich habe viele lebendige Kindheitserinnerungen, Sonntagnachmittage auf dem Jahrmarkt. Sebastian und ich unterhalten uns über längst vergangene Zeiten und lachen immer wieder über uns selbst und die alten Geschichten. Bei jedem Einatmen kommen mir neue Düfte in die Nase. Kinder hängen mit strahlenden Augen an der Hand ihrer Eltern und entdecken diese bunte Welt. Ich sehe ein Pärchen Hand in Hand gehen und denke sofort an diese berauschende Begegnung vor drei Tagen. Hätte ich ihr hinterherlaufen sollen? Wir haben uns noch nicht wiedergesehen. Immer wieder komme ich zu dem Schluss, dass alles so passiert ist, wie es passieren sollte.

Eine Schießbude kommt in Sicht und ich spüre, wie Sebastian mich immer wieder vom geraden Weg abbringt und wir auf den Schießstand zusteuern. Ich höre: „Mal sehen, ob du genauso mies schießt, wie du bowlst!" Das kann ich nicht auf mir sitzen lassen: „Du wirst verlieren und gleich das erste Bier ausgeben!"

Wir steuern einen Bierpilz an. Diese Getränkebude ist gut besucht, rundherum stehen die Gäste und wollen bestellen oder prosten sich zu. Sebastian beschwert sich noch immer über das Luftgewehr, welches angeblich nicht richtig justiert war. Dann kümmert er sich um die Bestellung: „Zwei Gerstenkaltschalen bitte!"

Ich stehe hinter ihm, schaue an ihm vorbei. Und da sehe ich sie wieder. Ich erkenne sie sofort, diese braunen Augen, aber sie sieht betrübt aus. Kein Lächeln in ihrem Gesicht. Ich frage mich, wo dieses süße Lächeln bleibt?

Wieder scheint die Zeit langsamer zu vergehen. Ich bin ruhig und doch aufgeregt. Dann fällt mir der Mann an ihrer Seite auf, der sich ganz offensichtlich um sie bemüht. Beide reden miteinander. Nein, eher redet er auf sie ein, er ist ihr zugewandt. Sie senkt den Blick und schaut in ihr Bierglas. Ich beobachte sie weiter.

„Auf die Frauen", Sebastian dreht sich zu mir und reicht mir ein Glas Bier. „Du hast so Recht, Basti!" Während wir trinken, schiele ich an ihm vorbei und beobachte, wie auch sie trinkt. Dabei hebt sie den Kopf und entdeckt mich. Sie schaut mich an. Mir wird heiß und kalt.

Meine Gedanken in den letzten Tagen über eine mögliche, zukünftige Begegnung mit ihr waren gemischt. Zurückzulächeln halte ich jetzt für eine gute Idee, meine warnenden Gedanken schlage ich in den Wind. Ich hatte mir eigentlich vorgenommen, vernünftig zu bleiben. Mich nicht Hals über Kopf in eine fremde Frau zu verlieben. Im

Moment empfinde ich es als vernünftig, wenn ich alles geschehen lasse, was geschehen will. Allerdings ist da jetzt auch noch eine andere Variable im Spiel. Diese Möglichkeit hatte ich noch nicht bedacht.

Ihr Begleiter schaut immer noch zu ihr. Sie setzt ihr Glas ab und lächelt mich wieder an. Ich weiß nicht genau, was ich von der Situation halten soll. Ich lächle jetzt zögerlich zurück. Jetzt hat auch Sebastian bemerkt, dass hier etwas passiert. Er sieht über seine Schulter, fängt ihren Blick ein, dreht sich kurz darauf zu mir und blickt mich fragend an: „Fräulein Mittagstisch? Mit Begleitung? Interessant." „Von ihm will ich ja auch nichts", scherze ich. „Wenn sie schon jemanden hat und trotzdem mit dir flirtet, dann leuchten bei mir die Alarmglocken!"

Ich versuche, meinen Blick von ihr abzuwenden, vergeblich. Ich bemerke, dass ich immer noch lächele, auch als sie von ihm eine Zigarette annimmt und sich Feuer geben lässt. Raucherin? Das Kapitel „Dominik, der Raucher" hatte ich eigentlich für mich abgeschlossen. Was soll ich tun? Ich entscheide mich dafür, sie näher kennenlernen zu wollen.

Verwurzelt

Ich wache auf. Diese fremde und doch so vertraute Frau liegt neben mir. Ich sehe im schwachen Licht ihr Profil. Sie atmet völlig entspannt, sie schläft. Über uns duftet es nach Liebe. Ich fühle mich komplett, ich bin am richtigen Ort, genau da, wo ich sein soll. Ich denke zurück an den Abend auf dem Jahrmarkt. Ich sehe ihren sehnsüchtigen Blick über das Bierglas hinweg und wie ihr Begleiter sich umdreht und weggeht.

Ihr Blick mit einem kurzen seitlichen Schwenk nach rechts gab mir zu verstehen, dass sie in diese Richtung gehen wollte, um sich mit mir zu treffen. Dann drückte sie ihre Zigarette aus und ging los, den Blick weiter zu mir gerichtet. Ich klopfte Sebastian kurz auf die Schulter und machte mich auf meinen Weg. Ich erkannte kein Ziel, auf das sie zuging. In der Nähe des Puppenspielers blieb sie stehen, ich auch. Wie zufällig standen wir nebeneinander hinter dem Publikum in der letzten Reihe. Mein Herz klopfte bis zum Hals, mein Blick blieb geradeaus.

Auf der Bühne bewegten sich die Puppen an ihren Fäden. Auch mich zog ein Faden an diesen Platz, ein unsichtbarer Faden.

Seltsam still kam mir alles vor. Ein Duft stieg in meine Nase, in meinen Kopf. Keine gebrannten Mandeln, keine Grillwürste konnten diesem Parfum Paroli bieten. Eine Wärme konnte ich spüren, ihre Wärme. Ich fragte nach ihrem Namen. „Nicole." „Hallo Nicole, ich bin Dominik", langsam drehte ich meinen Kopf zu ihr. „Du bist nicht allein", stellte ich fest. Sie sah geradeaus. Ich gab ihr Zeit zum Antworten. Ich sah auch wieder geradeaus.

So verfolgten wir eher unfreiwillig, wie eine kleine Prinzessin schluchzte: „Ein Schloss ist nicht, was ich ersann, auch nicht diese Krone. Jetzt und hier weiß ich genau, nur deine Hand kann mich glücklich machen." Der Bursche an den Fäden reichte ihr die Hand, sie nahm seine Hand in die Ihre. Diese kleine Figur aus Holz schaute direkt zu mir und Nicole. Das Publikum war still. Alle warteten auf seine Worte. Dann sprach er: „Jetzt und hier beginnt unser Glück!"

Ich senkte den Kopf und schaute Nicole an. Sie sah nach unten. Unsere Hände zogen sich magisch an. Unsere Finger berührten sich. Es war ein Gefühl, als wäre es Bestimmung. Gleichzeitig fühlte es sich auch ein wenig verboten an, aber ich wollte an mich denken, diesen Moment genießen und darauf vertrauen, dass alles gut wird.

Wir sahen uns an und gingen auf in dem Lächeln unseres Gegenübers. Nicole betrachtete mich aus dem Augenwinkel: „Ich bin nicht allein. Olaf passt auf mich auf. Olaf ist ein alter Freund!" Ich war etwas erleichtert und wollte wissen: „Darf ich dich anrufen?"

Ich tippte ihre Telefonnummer in mein Smartphone ein. Das Puppenspiel war vorbei, die Menschentraube hatte sich aufgelöst, ohne dass wir es mitbekommen hatten.

Jetzt erst stelle ich fest, dass Nicole mich ansieht. Sie ist wach und flüstert mir zu: „Danke, liebes Universum, für diesen Moment!" Das selbe Gefühl habe ich auch. Dankbar zu sein. Ich drehe mich um und schaue auf den Wecker. Es ist halb sechs. Ich küsse und fühle und lasse mich auf diesen Moment ein.

Dann klingelt ihr Wecker. „Puh, sieben Uhr schon?", Nicole klingt überrascht, „ich freue mich auf den heutigen Abend mit dir, wenn du ihn auch mit mir verbringen möchtest?" „Ja, möchte ich! Welcher Tag ist heute eigentlich?" „Mittwoch, wieso?"

Gestern war ich nicht beim Bowlen. Warum nicht? Was war passiert? „Unsere Liebe erfüllt mich so vollständig", sage ich.

Mein Leben ist wie umgekrempelt. Den Bowlingabend habe ich vorher noch nie vergessen.

„Und ich liebe dich!", höre ich von Nicole, dann steht sie auf. Ich sehe ihren nackten Körper im diffusen Licht.

Wir gehen gemeinsam ins Bad und lachen über viele kleine Dinge. Nein, es ist eher ein Übersprudeln vor Glück. Ich spreche die obligatorische Zahnpastatube an, sie liegt halb zerquetscht neben der Zahnbürste. Ich äußere meinen Gedanken, sie ordentlich aufrollen zu wollen. Nicole zwinkert mir zu: „Manchmal rolle ich ordentlich auf, meistens quetsche ich. Du darfst auch entscheiden, ob du rollen oder quetschen möchtest." Das klingt für mich vernünftig, gibt mir Freiheit. Lässt mich auch mal quetschen. Wenn ich nie gequetscht habe, kann ich nicht wissen, wie es ist.

Von meiner alten, irgendwie einsamen Welt scheine ich abgeschnitten. Bin nicht in meiner Wohnung, war nicht beim Bowling, ich rolle nicht mehr. Ich habe Wurzeln geschlagen. Ein paar Tage kenne ich Nicole erst. Diese wenigen Stunden haben alles verändert. Zeit ist nicht wirklich in der Lage, etwas zu ändern, Begegnungen können es! Diese Begegnung mit Nicole kann es. Es ist nicht nur ihr Äußeres. Es ist ihre Dankbarkeit, ihre Offenheit, ihre Ausstrahlung. Kann ich es erklären? Was hätte ich gewonnen, wenn ich es erklären könnte? Ich kann nur im Hier und Jetzt sein und genießen.

Wir frühstücken mit Kaffee und frischen Brötchen. Die Bäckerei liegt gleich gegenüber von ihrer Eigentumswohnung. Die kleine Küche ist praktisch eingerichtet. Hochwertige Küchengeräte und eine Designerkaffeemaschine zeigen, dass hier investiert wurde. Es ist geschmackvoll, aber auch irgendwie unordentlich. Die abgebrannte Kerze würde ich in den Müll werfen, die aufgeschnittene Kaffeepackung verschließen und dafür im Schrank einen Platz suchen, aber ich halte mich zurück. Ich genieße lieber den Moment, neben dieser schönen Frau an einem gedeckten Tisch zu sitzen.

Der kleine Küchentisch steht vor einem großen Fenster. Wir blicken auf den Innenhof der Wohnanlage. Das jungfräuliche Grün ist voller Energie und reckt sich zum Licht. Es ist Frühling. Die ganze Natur ist in Bewegung, es wird wärmer von Tag zu Tag. Das Vogelkonzert verdreht einem fast den Kopf. Meine Freude über dieses rundum glückliche Gefühl strahlt aus mir heraus. Alles ist purer Genuss. Wir sind sehr freundlich miteinander, bieten uns Kaffee an und lachen einfach plötzlich los ohne erkennbaren Grund. Ich habe das Gefühl, angekommen zu sein.

Nicole fragt: „Bis wann arbeitest du heute?" Ich denke kurz über meine Projekte im Büro nach, es ist alles übersichtlich geordnet, was mir einen guten Überblick verschafft. Das versetzt mich in die glückliche Lage, sehr wahrscheinlich, pünktlich in den Feierabend zu gehen.

Ich schaue Nicole an und versinke in ihren Augen. „Ich kann um 17 Uhr hier sein", antworte ich. „Du bist willkommen!", höre ich. Dann schlage ich noch vor: „Meine Freunde würden sich sicher freuen, dich kennenzulernen. Wir müssen uns unbedingt mal verabreden!" Nicole lächelt.

Ich kann mich kaum konzentrieren, so sehr liebe ich diese Frau. Mein Herz schlägt plötzlich wieder bis zum Hals.

Sie ist erfreut von meiner Idee: „Ja, bitte, sehr bald! Möchtest du noch etwas Kaffee?" Ich frage Nicole nach ihrer Beziehung zu diesem Olaf. Sie sieht aus dem Fenster: „Olaf hat immer Angst um mich. Angst, dass mir etwas zustoßen könnte. Eine lange Geschichte. Reicht dir das erstmal als Antwort?" Ja, dieses Kapitel kann warten.

Mein Auftreten im Büro ist eindeutig, meine Laune bestens. Jakob kommt aus dem verlängerten Wochenende zurück. Ihm ist sofort klar, was der Grund für meine Stimmung ist. Ich berichte von unserem gemeinsamen Frühstück. „Der Frühling ist schon was Tolles!", gibt er zu verstehen. „Gut, dass nicht noch ein Exfreund zwischen euch steht!" „Tja, so einfach ist es dann doch wieder nicht." Ich halte mich vage: „Sie scheint eine enge Beziehung zu diesem Olaf zu haben. Er macht sich Sorgen um sie." Jakob fragt nach: „Warum denn Sorgen?" Ich überlege kurz: „Sie sagte, dass er sie beschützen möchte. Viel mehr hat sie nicht dazu gesagt. Sie wird mir das wohl noch erklären. Ich warte mal ab." Jakob schaut mich an: „Manchmal muss man wohl auch warten!"

Warten, dieses Wort wird mir jetzt erst klar. Ich war im Rollen und habe darauf gewartet zu verwurzeln. Warten hat keine eigene Dynamik, keine Richtung und kein Ziel. Warten ist wie mit dem Strom schwimmen und anderen das eigene Schicksal überlassen. Ich möchte jetzt nicht mehr warten.

Vielleicht gibt es etwas zwischen Nicole und Olaf, das ich wissen sollte?

Eine Nachricht erreicht mich auf meinem Smartphone.

Vivian: „Hey Nick, alles okay bei dir?"

Ich: „Hi Vivian, alles bestens! Ich war wohl gestern ziemlich abgelenkt. Sorry, ich hatte das Bowlen vergessen."

Vivian: „Frisch verliebt?"

Ich: „Ja."

Vivian: „Aber Samstag sehen wir uns?"

Samstag? Unser Chef kommt herein. Mein Smartphone verschwindet diskret in meiner Tasche. Ich trällere ein herzliches „Moin!" „Alles klar bei euch? Jakob, wann hast du den Bericht fertig?" „Bringe ich dir in einer Stunde." Dann geht mein Chef mit einem Lächeln wieder hinaus. In meiner Tasche brummt es. Ich schaue nach.

Vivian: „Würde mich freuen."

Ich: „Klar, bis Samstag!"

Ich schaffe es, vor 17 Uhr bei Nicole zu sein. Ihr Auto steht vor der Tür. Ich vertrete mir noch etwas die Beine im Innenhof der Wohnanlage. Sehr gepflegt ist es hier. Ich suche das Küchenfenster von Nicoles Wohnung und entdecke sie.

Sie einfach nur anzusehen, macht mich glücklich. Dazu die Vorstellung, dass sie sich auf mich freut.

Sie schaut zu mir, winkt und lacht. Ich gehe zum Vordereingang und sie ist schon an der Tür, um mir zu öffnen. Dann drückt sie mir ein kleines Kästchen in die Hand und bevor ich fragen kann, schließt sie die Tür wieder. Ich öffne das Kästchen und finde einen Schlüssel. Daran ein Anhänger, ein kleines goldenes Herz. Ich schließe die Tür auf und Nicole fällt mir in die Arme. Sie flüstert: „Danke", dann setzen wir uns in das Wohnzimmer und reden über den Tag. Ich erzähle ihr von der Einladung von Vivian. „Ich muss doch sowieso mal deine Freunde kennen lernen. Ich komme gern mit!" Nicole fragt mich, wie alt Vivian wird und was sie gernhat, wer noch zu der Feier kommt, wo es stattfindet und so weiter.

Ich spüre ihr Interesse an meinen Freunden und es macht mich glücklich. Ich freue mich auf die Feier mit alten Freunden und neuer Freundin.

Ich erkläre, dass Vivian an Esoterik interessiert ist, sie beschäftigt sich gern mit Horoskopen und Tarotkarten. Dann zieht Nicole ein Buch aus dem Regal und hält es mir hin. Sie fragt: „Könnte ihr das gefallen?

Ich habe es im letzten Jahr gelesen. Es werden Legesysteme für Tarotkarten vorgeschlagen und kleine Geschichten dazu erzählt." Ich schaue es mir an: „Du meinst, wir können es ihr schenken?" Nicole nickt aufgeregt: „Ich gebe es gern." Sie verpackt es liebevoll in Geschenkpapier und befestigt eine große Schleife darauf.

Es ist Samstag. Mit Geschenk und einem großen Frühlingsstrauß stehen wir vor Vivians Haustür. Nicole und ich küssen uns noch einmal und klingeln dann.

Schon oft stand ich vor dieser Tür und freute mich auf Vivian. Vielleicht freute ich mich, weil mir etwas fehlte und ich es von Vivian bekam. Jetzt habe ich Nicole an meiner Seite und fühle mich komplett. Es ist aufregend schön.

Der Türöffner summt und wir gehen in das Treppenhaus. Vivian ist erst etwas überrascht von meiner Begleiterin und erklärt dann selbst, dass sicher der Grund für meinen Gedächtnisverlust von Dienstag vor ihrer Tür steht. „Ich bin Nicole, kommt nicht wieder vor." Einen Moment ist es still, ich überlege, wie ich die Situation retten kann. Vivian murmelt: „Ach, bei Männern weiß man nie!" Wir lachen.

Während Vivian nach einer Blumenvase sucht, gehen wir in das Wohnzimmer, es ist gefüllt mit Gästen. „Hallo zusammen, darf ich vorstellen, Nicole!", die Gäste begrüßen uns.

Mir fällt als erstes meine Schwester Lea auf, sie wirkt reserviert, mustert Nicole kritisch.

Sebastian und Ulrike stehen gleich auf um mich zu begrüßen. Ich entscheide, dass ich erst später zu Lea gehe. Ich nehme Ulrike in den Arm. Sebastian gibt Nicole die Hand und macht eine kleine Verbeugung. Ulrike und Nicole begrüßen sich, sie stehen direkt zwischen Sebastian und mir, so dass wir mit unserer Begrüßung warten müssen.

Ich spüre, dass Lea mich ansieht und schaue in ihre Richtung. Ich sehe Protest in ihrem Blick.

Sebastian klopft mir auf die Schulter, er macht eine kleine Geste, die wohl sagen soll, dass Nicole ein toller Fang ist. Ich gebe ihm die Hand: „Hallo Basti!" und nicke bestätigend.

Vivian kommt mit den Blumen herein und spricht in die Runde: „Bedient euch! Getränke sind im Kühlschrank!" Nicole zupft an meinem Ärmel. Sie gibt mir das Geschenk für Vivian, wir überreichen es und Vivian packt es sofort aus. Sie freut sich sehr über das Buch. „So etwas können nur Frauen aussuchen!", sagt sie mit einem kleinen Zwinkern. Ich gratuliere Vivian mit einer Umarmung. Dann ist sie im Gespräch mit Nicole und ich überlege, ob ich nun zu Lea gehen soll oder erst zusammen mit Nicole. Neben Lea wird ein Platz frei, ich setze mich zu ihr. „Muss ich sie so kennenlernen? Ich bin deine Schwester, du hättest sie mir ruhig schon früher vorstellen können." Ich bleibe ruhig und sage: „Hallo Schwesterchen!" Sie guckt mich an und sagt: „Das ist mir so peinlich!" Dann nehme ich ihre Hand und küsse sie auf die Wange. Leicht reuevoll flüstert sie: „Alle fragen mich aus über sie und ich weiß nichts zu sagen! Sebastian hat mir erzählt, dass du eine Frau auf dem Jahrmarkt getroffen hast." Ich sage: „Gleich weißt du mehr!" Dann winke ich Nicole herüber und biete ihr meinen Platz an. Nach einer zögerlichen Begrüßung beginnen sie ein freundliches Gespräch. Lea erzählt von unserem wöchentlichen Bowlingabend. Nicole hört gespannt zu. Dann frage ich Nicole: „Möchtest du am Dienstag mitkommen?" Sie nickt, „versucht habe ich das schon mal, mit dem Bowling.

Aber ich glaube, ich bin zu ungeschickt dafür." Ich lächle sie an: „Du und ungeschickt?"

Am späteren Abend stehe ich mit Nicole auf dem Balkon, wir rauchen und halten Händchen. Die Nacht ist friedlich. Ich flüstere Nicole ins Ohr: „Schön mit dir", sie umarmt mich fest und küsst mich.

Dann kommt Vivian zu uns und fragt: „Störe ich?" „Nein", Nicole zeigt auf ihr leeres Weinglas und verschwindet im Wohnzimmer. Ich sehe in die Nacht hinaus und atme tief ein. Vivian stellt sich dicht neben mich und sagt: „Ich freue mich für euch!" Wir schweigen noch eine Weile. Dann fragt Vivian: „Können wir noch auf Nick zählen?" „Klar, ihr seid mir sehr wichtig. Dienstag kommen wir gemeinsam."

Ulrike und Sebastian kommen zu uns auf den Balkon. Er zwinkert und fragt mich: „Na? Müssen wir uns ein wenig abkühlen?" Ulrike stößt ihm leicht in die Rippen und flüstert: „Ich werde dich gleich mal abkühlen!" Vivian kommt nah an mich heran und sagt: „Ich finde sie sehr sympathisch! Das Rauchen steht dir aber nicht." Ulrike verteidigt mich: „So lange es nicht ausartet, ist es nicht so schlimm. Man bezahlt immer einen Preis." „Dann werde ich mir nachher auch mal eine schnorren!", scherzt Sebastian. „Das lässt du schön bleiben!", kontert Ulrike. Während sich die beiden mit einem Kuss versöhnen, gehe ich wieder hinein und hole mir ein Bier aus der Küche.

Mit der Bierflasche in der Hand stehe ich im Türrahmen und beobachte die Gäste. Niemand scheint mich zu bemerken. Außer Nicole, sie sieht einmal zu mir herüber und zwinkert mir zu, dann unterhält sie sich weiter mit Lea.

Wie konnte das alles innerhalb einer Woche geschehen? Sieben Tage ist es her, dass wir zum ersten Mal miteinander gesprochen haben. Eine Stimme sagt mir, dass das zu schnell geht. Eine andere meint, dass es dafür keine festen Regeln gibt. Wir beide wollten es. Wir beide wollten alles, was geschehen ist in genau dem Moment. Warten? Worauf?

Wieder bin ich vor Nicole wach. Ich greife unter meine Bettseite und hole eine langstielige, rote Rose hervor, die ich am Vorabend heimlich dort versteckt hatte. Auch jetzt muss ich vorsichtig sein, damit Nicole nicht von meiner Bewegung wach wird.

Gestern fuhr ich mit dem Auto an diesem Blumenladen vorbei und musste wegen des Verkehrs davor stehen bleiben. Mein Blick in das Schaufenster war mit den Gedanken an Nicole verschmolzen und ich sah diese Rosen und dachte: „Strike!" Ich wollte sofort eine davon kaufen. Dann hatte ich sie im Auto versteckt gehalten und sie erst spät am Abend geholt.

Die Blüte halte ich ganz dicht an ihre Nase. Ich muss nicht lange warten bis sie wach wird. Nicole strahlt vor Freude. „Für mich?", fragt sie. „Für einen Monat an deiner Seite!" Wir küssen uns. In meinen Augen machen sich ein paar kleine Tränchen bemerkbar, vor lauter Freude. Nicole umarmt mich und schnuppert dann noch einmal mit geschlossenen Augen an der Blüte. Dann sieht sie mich an und ich sehe Rührung auch in ihren Augen.

Ich sage: „Heute hole ich noch ein paar Sachen aus meiner Wohnung. Meinst du, wir können hier im Schlafzimmer noch einen Schrank aufstellen?" „Du darfst hier alles aufstellen, was du möchtest", höre ich.

Wir sitzen am Frühstückstisch. Das Telefon klingelt. Susi ruft an, Nicoles beste Freundin. Ich sehe durch die Küchentür in den Flur. Gegenüber steht eine Tür offen. In den Raum dringt Licht. Warum sitze ich hier, wenn dort die Sonne scheint? Ich stehe langsam auf. In meinem Kopf entwickeln sich Pläne. Ich sehe diesen dunklen Raum, der einen schwarzen Teppichboden hat. Vor dem Fenster hängt ein dunkler Vorhang und auf der Fensterbank steht eine Pflanze mit großen Blättern, so dass kaum Licht eindringt.

In meiner Phantasie wird der Blick frei und Licht strahlt in den Raum. Der Fußboden verändert sich langsam zum Parkettboden. Die Kisten und Kartons verschwinden. Helle Tapeten rollen an den Wänden hinunter. Eine Couch erscheint, hell und gemütlich. Ein kleiner Tisch steht davor. Gegenüber ein Sitzsack.

Ein paar Monate später. Nicole unterhält sich wieder mit Susi. Aber Susi sitzt diesmal auf der Couch, zusammen mit Nicole. Die Sonne scheint, das Zimmer ist hell erleuchtet. Ich spüre die Wärme auf mir. Dieser Raum duftet nach frischen Blumen. Auf dem Tisch steht ein großer Strauß Rosen. Diesen Moment habe ich lange ersehnt. „Hast du es dir ungefähr so vorgestellt?", fragt mich Susi. „Nein, nicht ungefähr, genau so!" „Das hier war eine Rumpelkammer. So ist es natürlich viel schöner!", stellt Nicole mit scheinbar leichter Ironie fest, steht auf und verlässt den Raum. Ich lasse mich zurück in den Sitzsack fallen und sehe an die Zimmerdecke. „Wo geht sie hin? Hier stimmt doch etwas nicht", meint Susi. „Wir haben diesen Raum wie eine kleine Oase erschaffen. Hier ist Licht und Leben. Ich hatte gebeten, dass wir hier nicht rauchen. Ich habe es wieder reduziert. Nicole wollte auch das Rauchen aufgeben, da waren wir gerade zwei Wochen zusammen. Jetzt, nach einem halben Jahr, raucht sie mehr als zuvor und ich weniger. Tja, wir wohnen hier zusammen und werden uns schon arrangieren." Susi flüstert: „Also ich finde es gut, dass hier nicht geraucht wird!"

Nicole sitzt in der Küche, sie raucht und tippt auf ihrem Handy. Als ich in ihre Nähe komme, legt sie das Handy zur Seite und dreht das Display nach unten. „Was ist los, Nicole. Ist etwas geschehen?" Nicole sieht mich an und bittet mich, Platz zu nehmen. Susi kommt in die Küche und setzt sich zu uns.

Dann beginnt eine Talfahrt, wie ich sie mir nicht vorstellen konnte.

Nicole: „Dominik, ich muss dir unbedingt etwas sagen. Seit einer Woche habe ich ein Jobangebot aus Paris. Die Firma, bei der ich jetzt angestellt bin, geht den Bach hinunter.

Die schulden mir bereits zwei Monatsgehäl-
ter." Eine Träne rinnt über Nicoles Wange:
„Und beruflich ist es das, was ich mir schon
immer erträumt habe! Ich kann es einfach
nicht ablehnen!"

Ich bin stumm, es schüttelt mich durch
und durch. Mein Blick senkt sich auf den
Tisch. An dieser Zigarette komme ich nicht
vorbei.

Susi möchte von Nicole wissen: „Fragst du
Dominik nicht, ob er mitkommen möchte?"
Ich antworte ihr: „Ich in einer Großstadt?
Ohne meine Schwester, meine Freunde,
ohne meinen Job? Ich habe ein paar Jahre in
einer Großstadt gelebt und bin aus gutem
Grund wieder zurückgekommen. Außerdem spreche ich kein Französisch." Susi und
Nicole sehen sich an und ich spüre, dass das
noch nicht die ganze Wahrheit ist. Nicole
gibt ganz leise zu verstehen: „Olaf wird mich
begleiten."

In meinem Kopf dreht sich alles. Der
Tumbleweed fängt wieder zu rollen an.

Entwurzelt

Sebastian kommt von der Bowlingbahn
und setzt sich neben mich. Meine Verfas-
sung ist schlecht, er sieht es mir an. Mein
Körper ist gebeugt, als würde er eine

schwere Last tragen und mein verwirrter Blick sucht nach Antworten. Ich habe Schwierigkeiten, zusammenhängend zu denken. Wenn ich etwas gedanklich festhalten möchte, kommen andere Gedanken, die es hinterfragen. Es ist ein fürchterliches Durcheinander in meinem Kopf. Ich versuche festzustellen, was ich will. Welches Gefühl beherrscht mich?

Ich sehe zu Lea hinüber. Sie sitzt schräg vor mir. Ihr Blick ist unsicher, voller Fragen, die sie nicht zu stellen wagt.

Vivian ist an der Reihe zu bowlen. Die Kugel geht an der rechten Seite ins Ziel, nur ein Pin fällt um. Ihr zweiter Wurf geht ins Aus. Sie dreht sich um, bleibt auf der Bahn stehen und schaut mich an. Dann kommt sie auf mich zu und bleibt neben mir stehen: „Entweder reden wir jetzt, oder du fährst nach Hause." Welches ‚Zuhause'?, denke ich.

Vivian setzt sich neben mich und legt ihre Hand auf meine Schulter. „Schau mich an", sagt sie. „Was ist los?" Ich antworte: „Ich werde Nicole verlieren!", sage ich. Dann höre ich ihre Frage: „Oh je! Was ist passiert?" Ich sage leise: „Sie hat ein Jobangebot aus Paris. Habe ich dir mal von Olaf erzählt? Nicole sagte damals, dass er ein alter Freund sei.

Tatsächlich sind die beide mal ein Paar gewesen. Olaf wird sie begleiten, hat sie gesagt."

Meine Ellenbogen sind auf meine Knie gestützt, meine rechte Hand halte ich vor meinen Mund, der Daumen tastet meinen Oberkiefer ab. Da ist eine Schwellung in meinem Mund. Auf der rechten Seite, zwischen den oberen Backenzähnen und dem Jochbein. Ich fahre mit der Zunge darüber.

Vivian fragt, was in meinem Mund ist. Ich sage ihr, was ich dort fühle. Sie schlägt vor, dass ich das mal untersuchen lassen soll. Ich nicke.

„Ich habe vor einem halben Jahr meine Wohnung gekündigt und jetzt weiß ich nicht, wohin ich soll. Ich habe so viel für uns gegeben und aufgegeben. Und jetzt frage ich mich, ob sie mich jemals geliebt hat."

Viviane möchte wissen: „Dann wird sie ihre Wohnung verkaufen? So schnell wird das doch gar nicht klappen." Ich sehe Vivian an. Tränen in meinen Augen lassen alles verschwommen aussehen. Mein Blick ist verschleiert und verzerrt: „Sie kann bei ihrem jetzigen Arbeitgeber fristlos kündigen. In einer Woche ist sie weg. Olaf verkauft hier die Wohnung und kommt dann nach. Von einer

Sekunde auf die andere bricht mein ganzes Leben zusammen."

Sebastian legt seine Hand auf meine Schulter: „Bekackter Scheiß!"

Ich ziehe meine Straßenschuhe wieder an. Lea kommt zu mir und streichelt mir über den Rücken. Ich stehe auf und nehme sie in den Arm. Dann greife ich nach den Bowling-schuhen und gehe an der Bar entlang.

Die Tränen in meinen Augen verzerren noch immer meine Sicht. Mike sitzt da und ich stelle meine Schuhe auf den Tresen. Er legt seine Hand auf meine Hand. Ich halte noch immer meine Schuhe fest und Mike hält meine Hand fest. Mein Blick geht zur Tür. Ich schäme mich etwas für meine Trä-nen und sehe zögerlich zu Mike.

Dass seine Hand mich hält hat etwas Beru-higendes. Es ist sehr ungewöhnlich und sehr unerwartet.

Er kommt mit dem Kopf etwas näher an mich heran und sagt: „Wenn es bergab geht, nicht bremsen! Alles loslassen und Gas ge-ben. Dann hast du Schwung für die nächste Steigung und die kommt bestimmt." Ich sehe ihn weiter an, seine Hand löst sich, meine Hand lässt die Schuhe los. Er lehnt sich wieder zurück und liest weiter in sei-nem Buch.

Fast beiläufig greift er nach meinen Schuhen und stellt sie an ihren Platz zurück.

Ist Mike hier in seinem „Wohnzimmer"? Den Eindruck habe ich gerade. Irgendwie habe ich genau jetzt das Gefühl zuhause zu sein, in seinem und meinem zuhause. Meine Schuhe stehen hier, Mike hatte gerade diese väterliche Art. Ich entdecke hinter ihm zwei Bilder, die meine Geburtstagsfeier hier dokumentieren.

Ich brauche nichts zu sagen. Mike erwartet keine Antwort oder Stellungnahme von mir. Ich bin hier und mehr nicht. Dann beuge ich mich leicht zu ihm und sage: „Wir sehen uns!"

Ich fahre zu Nicole. Sie sitzt am Küchentisch. Es ist still. Sie schaut zu mir auf. Ihr Blick ist fremd. Ich spüre meine Liebe zu ihr ganz tief in mir und vermisse ihre Liebe so sehr. Dann setze ich mich zu ihr und lege meine Hand offen auf den Tisch.

Dieselben Hände, die sich vor gut einem halben Jahr zum ersten Mal berührten sehe ich vor mir. Ihre Hand bleibt unter dem Tisch liegen.

Die Tränen kommen aus mir heraus. Nicole ist still. Dann frage ich: „Wann hat das mit Olaf denn wieder angefangen?"

Nicole schaut mich an: „Du hast das nicht verdient!"

Ich liege im Bett. Nicole kommt ins Schlafzimmer. Ich stelle ihr diese eine Frage: „Liebst du mich?" Sie antwortet nicht. Was soll sie auch sagen?

In mir brodelt es. Nicole ist zum Greifen nah und doch meilenweit entfernt. Es kommen viele Bilder in meinen Sinn. Unsere Berührungen, unsere Zärtlichkeiten, unsere Dankbarkeit und unsere Liebe, die so liebesfilmreif begann und jetzt anscheinend in einem Drama enden soll.

Ich kann auf keinen Fall neben ihr einschlafen. Ich stehe auf und gehe in unser Sonnenzimmer, nehme mir eine Decke und lege mich auf die Couch. Ist das die letzte Nacht in dieser Wohnung? Aber wo soll ich hin? Alles was wir hatten, war unsere Liebe. Alles andere hat nicht gepasst, sondern wurde angepasst. Ich hatte gebowlt, Nicole kam ein paar Mal mit, dann hat sie ihren Dienstag allein verbracht. Das fand ich okay, Sebastian kommt ja auch ohne Ulrike. Ich habe mit dem Rauchen angefangen. Es gab einen Moment, da wollten wir beide damit aufhören.

Ich frage mich, ob ich sie noch liebe. Wenn ich morgens aufwache, dann möchte ich in ihre Augen sehen. Wenn ich durch die Stadt gehe, dann möchte ich sie an meiner Hand halten.

Ich vermisse die Nicole, die ich vor gut einem halben Jahr kennenlernte. Sie schläft in ihrem Schlafzimmer und ich liege hier in meinem Sonnenzimmer allein und denke über unsere Beziehung nach. Dieser Raum sollte Harmonie und Entspannung bringen, oder habe ich mir hier nur eine einsame Insel geschaffen? Habe ich mich zuerst von ihr distanziert? Warum habe ich diese Schwellung im Oberkiefer? In dieser Nacht träume ich wieder davon, so stark geblendet zu werden.

Lea öffnet die Tür. „Komm herein!", sagt sie und fragt mich, wie es mir geht. Wir setzen uns in ihr Wohnzimmer. Ich antworte: „Das mit Nicole ist vorbei. Ich kann mich nicht mit dem Gedanken anfreunden, nach Paris zu gehen. In einer Großstadt leben? Das habe ich schon versucht. Nicole entscheidet sich für ihre Karriere. Ich bleibe auf der Strecke. Sie gibt es zwar nicht zu, aber zwischen ihr und dem Olaf läuft bestimmt etwas. Sie streitet es ja auch nicht ab!"

In diesem Moment empfinde ich einen Verlust, der mir die Luft zum Atmen nimmt.

Ich fühle, wie mir die Tränen über die Wangen laufen. Ja, ich liebe sie immer noch, nicht ein bisschen weniger.

Lea steht auf. Sie bringt mir ein Taschentuch und ein Glas Wasser. Ich taste mit der Zunge und mit meinem Finger nach der Schwellung in meinem Kiefer. „Warst du schon beim Arzt?", fragt Lea mich. „Damit war ich heute bei meinem Hausarzt und bei meinem Zahnarzt. Die haben beide keine Erklärung. Der Zahnarzt hat eine Röntgenaufnahme gemacht, kann aber keine Ursache erkennen. Das geht schon wieder weg. Kann ich eine oder zwei Nächte hierbleiben?" Lea ist einverstanden.

Am nächsten Morgen bin ich wieder bei meinem Arzt. Ich erkläre ihm, dass ich gerade eine schwere Zeit durchmache, mir viele Gedanken durch den Kopf gehen und ich niedergeschlagen bin. Mein Arzt hat Verständnis, er schreibt mich für einen Tag krank, dann ist Wochenende.

Ich gehe in unser Café und bestelle mir ein kleines Frühstück. Meine Gedanken sind ganz bei Nicole. Ich sehe sie vor mir. Wir saßen einmal an diesem Tisch. Ich höre sie lachen. Ich lege meine Hand auf den Tisch. Genau hier hat sie ihre Hand in meine Hand gelegt. Warum tut das bloß so weh? Ich stecke meine Hand in die Jackentasche und fühle das kleine, goldene Herz am Schlüsselbund. Vielleicht sollte ich ihr eine Nachricht senden.

Ich: „Hallo Nicole, habe bei meiner Schwester übernachtet. Ich vermisse dich!"

Ich starre auf mein Handy. Ich warte. Dann fällt mir auf, dass noch einige andere Männer hier sitzen, allein an Tischen, mit dem Rücken zur Wand und ihrem Blick auf das Handy. Wo bin ich hier gelandet?

Nicole: „Dachte ich mir schon."

Ich: „Ich möchte gern mit dir reden."

Nicole: „Worüber sollen wir denn noch reden?"

Ich weiß keine Antwort auf diese Frage.

Ich: „Ich komme morgen und hole ein paar Sachen ab."

Aufstehen, Frühstück bezahlen und gehen, das ist mein Plan. Ich gehe einfach ohne Ziel, durch Straßen, vorbei an einem See, dann durch den Park. So komme ich wieder am Café an. Ich denke, ich gehe denselben Weg noch einmal. Das tut gut. Dann gehe ich ihn ein drittes Mal, wieder und wieder. Es wird leichter und es wird langsam dunkel.

Ich marschiere zu meiner Schwester. Auf meiner Kreisbahn fühlte ich mich wohler. Jetzt werden meine Beine schwer. Der kalte

Wind scheint alles zu verlangsamen. Ich bleibe immer wieder stehen, denn ich weiß keinen Grund, warum ich mich beeilen sollte. Mein Atem ist jetzt irgendwie blockiert, denn ich rolle auf meine Schwester zu und möchte mich nicht so gern mitteilen, weil die Situation nun mal ausweglos ist. Trotzdem möchte ich sie um Hilfe bitten.

Lea empfängt mich an der Tür: „Du siehst furchtbar aus!" Ich spiele es herunter: „Das wird schon wieder. Ich muss mir unbedingt eine Wohnung suchen. Wie lange kann ich bei dir bleiben?" „Du kümmerst dich erstmal um eine Wohnung, dann sehen wir weiter", kommt mir Lea entgegen, „ein paar Wochen wird das schon gehen, von mir aus."

Mein Körper braucht Ruhe. Meine Augen fallen zu und ich lasse mich seitlich auf die Couch fallen. In meinem Kopf kreisen die Gedanken. Was soll ich morgen aus der Wohnung von Nicole eigentlich holen? Ich denke an das Bett, in dem wir so glücklich waren. An ihre Haut und ihren Duft. Niemals wieder werde ich das haben können. Bei dem Gedanken kommen die Tränen aus mir heraus. Die Schwellung in meinem Mund fängt an zu pochen. Verdammt! Ich setze mich hin. Im Takt meines Herzschlages spüre ich den Druck im Oberkiefer. Die

Schwellung ist größer geworden, sie ist sehr druckempfindlich. Wenn ich nur mit dem Finger taste, ist es schon schmerzhaft. Jetzt im Sitzen geht der Druck langsam zurück. Ich schaue zu Lea hinüber, sie strickt. „Kann ich etwas für dich tun?"

Verschwommener Blick

Ich wache auf. Unter mir die weiße Couch. Licht kommt von draußen in den Raum. Es ist kein Sonnenlicht. Es ist eine Art Reklame und es bewegt sich, es schaukelt. Die Strahlen wandern hin und her. Ich stehe auf und sehe aus dem Fenster. Ein großer, leuchtender Stern hängt da draußen. Weihnachtsschmuck hängt über der Straße. Ich habe noch keine Gardinen oder Rollos angebracht. Die vollen Umzugskartons stehen auch noch herum. Der Kühlschrank brummt. Der Raum ist dunkel. Das künstliche Sternenlicht vor dem Fenster entfacht ein Schattenspiel an meinen Wänden.

Ich schalte Licht ein und setze meine Brille auf. Alles ist scharf und dann wieder verschwommen. Was ist hier los? Ich halte eine Hand vor mein rechtes Auge. Alles in Ordnung, ich sehe ganz normal. Ich halte eine Hand vor mein linkes Auge. Dann nehme ich die Brille ab. Ich prüfe, ob sie sauber ist, setze sie wieder auf. Mit meinem rechten Auge sehe ich verschwommen. Es ist kaum etwas zu erkennen. Es sind keine Kontraste zu sehen. Ich prüfe es noch einmal. Ich zwicke mich. Dann gehe ich ins Badezimmer. Ich sehe in den Spiegel. Dasselbe Resultat. Ich muss zum Augenarzt, sofort. Morgen ist Heilig Abend.

Mich in dieser neuen Wohnung zu orientieren ist schwierig. Die Größe der Räume und die Position der Türklinken ist ungewohnt. Ich greife vor dem Griff ins Leere. Mein dreidimensionales Sehen ist verloren gegangen.

Nicht mehr richtig sehen zu können erinnert mich an meinen Traum mit dem Licht. Was kommt da auf mich zu? Zum Glück ist die Praxis gleich um die Ecke.

Im Wartezimmer ist es voll, fast alle Sitzplätze sind belegt. Ich prüfe wieder mein Sehvermögen. Mit dem rechten Auge sehe ich immer noch ein verschwommenes Bild. Ich sitze möglichst entspannt auf dem Stuhl und versuche, meine jetzige Lage zu definieren.

Der Weg zur Augenarztpraxis war anstrengend. Ich habe versucht, langsam und gleichmäßig zu gehen. Passanten habe ich zu spät erkannt, jemandem auszuweichen ging überhaupt nicht mehr. Immer wieder blieb ich stehen.

Ich versuche eines der Wartezimmermagazine zu lesen. Das Fettgedruckte ist lesbar, die kleinen Buchstaben sind schon schwieriger, manche erkenne ich deutlich, andere wiederum sind verschwommen. Ich bekomme Panik. Wie konnte das passieren? Dann schließe ich wieder meine Augen. Versuche, mich zu beruhigen. Wie lange sitze ich hier schon? Ich schaue auf mein Smartphone. Ich schließe mein rechtes Auge, um die Uhrzeit zu lesen.

Ich werde aufgerufen, stehe langsam auf und balanciere vorsichtig zur Tür. Im Behandlungszimmer bleibe ich stehen. Der Blick aus dem Fenster verwirrt mich. Mir ist schwindelig. Der Arzt kommt herein und fragt nach dem Grund meines Besuches. Meine Erklärungen kommen mit Verunsicherung und in bruchstückhaften Sätzen. Dann lege ich mein Kinn auf eine kalte Platte und drücke die Stirn gegen etwas ebenso Kaltes. Ein heller Lichtstrahl blendet mein linkes Auge und wird seitlich bewegt. Dann wandert der Strahl hinüber zum rechten Auge. Es blendet ebenfalls. Der Arzt hält eine Art Lupe vor mein Auge. Dann atmet er tief ein und aus. Was kommt jetzt auf mich zu? Wann geht das wieder weg? Ich darf meinen Kopf anheben und die Brille wieder aufsetzen.

Er schreibt etwas in meine Karteikarte. Dann wendet er sich mir zu und sagt: „Ich überweise sie in die Augenklinik. Dort holen sie sich einen Termin. Wenn sie Glück haben, können sie dort zwischen den Feiertagen noch untersucht werden." Ich frage ihn nach einer Diagnose. „Mit meinen Mitteln kann ich es nicht eindeutig sagen. Vermutlich haben sie eine Retinopathia Centralis Serosa." „Was habe ich?", frage ich erstaunt. „Wie gesagt, ich kann es nicht exakt bestimmen. Ich kann eine Verformung der Netzhaut vermuten. Das wäre eine Erklärung für ihre Beschwerden. Bitte holen sie sich in der Klinik einen Termin."

Ich bin erschüttert. Ich bin verunsichert. Ich muss mit jemandem reden. Auf der Straße angekommen, rufe ich Vivian an. Sie begrüßt mich, fragt wie es mir geht. Ich weiß nicht, was ich sagen soll. Ich frage, ob wir uns treffen können. Vivian kommt erst in ein paar Minuten nach Hause, da möchte ich ihr noch etwas Zeit lassen. Ich gehe zu ihr durch den Park, hier ist jetzt alles anders. Vertraute Pfade und Grünflächen sind mir auf einmal fremd geworden. Das unscharfe Bild von meinem rechten Auge wird nicht immer von meinem Gehirn verarbeitet, es wechselt immer wieder. Wenn ich das linke Auge zuhalte, sehe ich verwaschene Farben. Wie ein Aquarell sieht das aus. Diese mangelhaften Informationen werden manchmal nicht ausgewertet, wenn ich mit beiden Augen sehe. Ich habe kein räumliches Sehen mehr.

Ich versuche ruhig zu bleiben. Es ist nicht wie mein Albtraum, aber ebenso beängstigend.

Ich gehe langsam. Ein paar Kinder kommen mir entgegen. Sie spielen mit einem Ball. Ich habe Schwierigkeiten, den Ball zu fixieren. Er rollt auf mich zu. Ich reagiere nicht darauf. Die Kinder verstummen kurz.

Angst kommt in mir hoch. Ich gehe weiter bis zum Ende des Parks, bis zur Straße. Dort halte ich an. Es gibt viele Reflektionen. Licht und Schatten wechseln sich ab. Ich versuche instinktiv, mich nach dem zu orientieren, was ich sehen kann und genau das geht im Moment nicht so gut. Es ist anstrengend, also bleibe ich stehen und warte auf den richtigen Moment, die Straße zu überqueren. Es wird ruhig um mich herum, es ist kein Auto zu hören, ich gehe los. Die Straße bleibt frei. Ich erreiche die gegenüberliegende Seite und bin erleichtert, diese Aufgabe geschafft zu

haben. Ich lehne mich an einen Laternen-
pfahl und schließe die Augen. Ich versuche
ruhig zu atmen.

Ein Auto fährt vorbei. Nein, es hält an. Es
hält direkt neben mir. Ich sehe zur Seite. Die
Beifahrertür wird geöffnet: „Soll ich dich
mitnehmen?" Es ist Vivian. Ich steige ein
und begrüße sie. Dann fährt sie los. Ich
schaue nach vorn, doch mir wird übel. Also
sehe ich auf meine Beine. „Was ist passiert?",
möchte Vivian wissen. Ich kann nichts sagen, mir ist kotzübel. Sie hält an, zum Glück.

Vivian steigt aus. Ich steige auch aus und
schließe die Autotür. Dann atme ich tief ein
und setze einen Fuß vor den anderen. Es
sind nur ein paar Schritte zum Haus. Vivian
ist vorausgegangen und hat schon die Haustür aufgeschlossen. Von dort aus beobachtet
sie mich: „Was ist passiert?" Ich fluche und
bemühe mich ganz normal zu gehen: „Lass
uns erstmal reingehen." Wir gehen durch
das Treppenhaus. Die Stufen taste ich langsam mit meinen Füßen ab und halte mich dabei am Geländer fest. Nur eine Etage, es ist
für mich wie Bergsteigen mit Sauerstoffman-
gel.

In ihrer Wohnung angekommen, gehe ich
direkt zur Couch und lasse mich fallen wie
ein Anker. Ich lege den Kopf zurück, atme

tief ein und aus, ich beginne mich zu entspannen. Eine Weile ist es ruhig, dann kommt Vivian herein und setzt sich. Ich schaue kurz zu ihr hinüber. Dann beginne ich zu erzählen, wie ich am Morgen aufwachte und nicht mehr richtig sehen konnte, von meinem Weg zum Arzt und das, was ich dort erfahren habe. „Eine schwere Prüfung ist das. Genauso erschreckend wie interessant! Hast du schon in der Augenklinik angerufen?", höre ich. Ich frage sie, ob sie das für mich machen würde. Vivian sucht die Nummer heraus und wählt. Es ist besetzt. Sie versucht es gleich noch einmal. „Ich wusste nicht, dass es so etwas gibt." Dann spricht sie leise weiter: „Augenerkrankung. Nicht sehen können, nicht richtig hinsehen. Krankheit, Abstand, Bedenkzeit. Zur Ruhe kommen." Irgendwann nimmt jemand ab. Sie schildert meine Situation, dann soll sie warten. Ich bekomme keinen Termin, doch ich darf mich nach den Feiertagen früh ins Wartezimmer setzen und soll viel Zeit mitbringen.

Vivian kocht uns Tee und bringt ein paar Kekse mit. Sie setzt sich neben mich und sagt: „Ich habe keine Ahnung, wozu das gut sein soll!" Ich sehe sie an. Manch anderem hätte ich wohl gesagt, er spinnt. Doch bei Vivian ist das etwas Anderes, daher frage ich sie: „Das kann für etwas gut sein?" Vivian lehnt sich zurück. Sie überlegt eine Weile. „Trete aus der Situation heraus und betrachte von außen. Schaue nicht aus deinen Augen, sondern schaue auf dich. Sehen ist vielschichtig. Man sagt ja auch: ‚Das habe ich kommen sehen.' und meint nicht das Sehen mit den Augen." Ich überlege: „Du meinst, weil ich nicht gut mit meinen Augen aus mir hinausschauen kann, gibt mir das die Gelegenheit, mich von außen zu sehen? Das klingt gut. Ob es mein Problem löst, ist zunächst nicht wichtig, oder? Ich habe nichts zu verlieren." Vivian stimmt mir zu. Wie ich das anstellen soll, möchte ich wissen. „Fang einfach irgendwo an."

„Mein Name ist Dominik. Ich arbeite in einem Büro als Ingenieur im Maschinenbau. Mein Job stellt mich zufrieden, nicht mehr und nicht weniger. Ich bin 46 Jahre alt. Ich sehe mich im Auto sitzen. Vor einem halben Jahr stand ich auf dem Parkplatz des „Blue Star Lane". Mir fehlte die Liebe. Warum muss ich jetzt gerade an diesen Moment denken?" Vivian gibt mir zu verstehen, dass ich auf dem richtigen Weg bin und ich frage sie, woher sie das wissen will. Sie antwortet:

„Mein lieber Dominik, ich war an dem Tag auch da und habe dich erlebt. Bitte, mache weiter." Ich fahre fort: „Nicole war vielleicht ein Fehler?" Vivian schüttelt den Kopf: „Es gibt keine Fehler, es gibt nur einen Weg mit verschiedenen Kreuzungen. Alles geschieht aus einem bestimmten Grund. Was war denn so besonders an Nicole?" Ich muss nicht lange überlegen: „Sie hat mir genau das gegeben, was ich gebraucht habe. Allerdings auch nicht mehr, als das. Wir waren uns körperlich so nahe, wie ich es vorher noch nicht erlebt hatte."

Jetzt weiß ich, warum ich so niederge-schlagen war. Ich war auf Liebesentzug! Das wurde erst besser, als ich ein paar Tage in meiner neuen Wohnung war.

Dann erzähle ich weiter: „Ich sehe mich in meiner neuen Wohnung sitzen. Sie war spar-tanisch eingerichtet, immerhin mit der Couch aus dem Sonnenzimmer ausgestattet und ich hatte diesen kleinen Tisch und einen Klappstuhl. Meine Möbel hatte ich ja alle ab-gegeben, als ich zu Nicole gezogen war. Ich saß am offenen Fenster und drehte meine letzte Zigarette. Mir war klar, dass das meine letzte Zigarette war, ich wollte es so. Mir war wohl auch da erst klar, dass das mit Nicole zu Ende war. Ein paar Wochen zuvor hatte ich diesen Schlüssel mit Anhänger in ihren Briefkasten geworfen. Ein kleines Herz war so lange unser Symbol für Liebe und Vertrauen. Das Herz blieb, was es war, ein Stück Metall. Für mich war es zuerst ein Geschenk, dann ein Symbol für unsere Liebe, dann wollte ich es nicht mehr haben und gab es zurück. Wegen Nicole hatte ich mit dem Rauchen wieder angefangen. Ich hatte einen provisorischen Aschenbecher, ein Marmeladenglas mit Schraubdeckel. Beim Ziehen an der Zigarette stellte ich mir vor, dass das meine Beziehung zu Nicole wäre. Die Zigarette wurde mit jedem Zug kürzer. So wollte ich jetzt unsere Beziehung sehen. Nun hielt ich diesen kleinen Stummel in der Hand und sah auf den Deckel des Glases. Hiermit beendete ich die Beziehung zu Nicole. Ich drückte eine Kippe auf einem Deckel aus. Es brannte noch einmal an meinem Finger. Dann war es aus. Ich schaute auf. Dann nahm ich einen Bogen Papier und schrieb auf, was in Zukunft passieren soll. Ich schrieb ein paar Möbel auf, die ich brauchte. Ich wollte mich einfach zusammenreißen. Ich wollte mir selbst zeigen, dass ich noch ich selbst bin. Meine Gedanken wollten immer wieder zu Nicole. Ganz so einfach war es dann doch wieder nicht."

Vivian stellt fest: „Du hast nicht richtig hingesehen. Nicole hat dir zwar genau das gegeben, was du brauchtest aber dir war nicht klar, was es dich kostet. Innerhalb weniger Wochen deine Wohnung aufzugeben war ein großes Wagnis. Kannst du mir sagen, warum das sein musste?"

Warum musste das sein? Das frage ich mich auch. Ich antworte: „Es war ein Luftschloss, in das ich einzog. Vielleicht wollte ich ein Luftschloss ohne Regeln und Fundament. Einfach nur mit Liebe und Vertrauen eine Zukunft beginnen. Genau so war es über Monate hinweg einfach himmlisch schön.". „Dann hast du genau das bekommen, was du wolltest?", möchte Vivian wissen. „Für eine gewisse Zeit jedenfalls. Sie hätte offener mir gegenüber sein können und mir von Anfang an sagen können, dass solch ein Ortswechsel für sie vielleicht in Fragen kommen könnte und was es mit diesem Olaf auf sich hatte."

„Bist du immer offen?", fragt mich Vivian, „oder gibt es auch für dich Gründe, verschlossen zu sein? Fühlst du dich anderen gegenüber vielleicht auch mal stärker und überlegener? Und kann es sein, dass du dich dann verschließt und in Ruhe deine Kugel rollst und andere im Regen stehen lässt?"

Das hat gesessen. Tatsächlich kann das sein. Es ist sogar ganz bestimmt so. Ich denke an meine Schwester. „Du meinst Lea!", gebe ich zu und überlege laut weiter: „Ich habe mich immer gefragt, warum ich mich ihr gegenüber nicht öffnen kann. Und tatsächlich liegt es an mir. Wie sehr habe ich meiner Schwester weh getan? Fast unser ganzes Leben lang? Wie konnte das passieren?"

Vivian besänftigt: „Nun mal ganz ruhig. Dafür gibt es einen Grund, der ist aber vielleicht nicht so wichtig. Ihr habt in eurer Kindheit ein bestimmtes Verhalten entwickelt und praktiziert es bis heute. Versuche einfach, in Zukunft etwas mehr auf sie einzugehen und sie ernster zu nehmen. Dann wird sich einiges normalisieren. Okay?"

Ich gebe zu: „Nun komme ich heute zu dir, weil ich ein Problem mit meinem Auge habe und sehe mehr, als erwartet. Mein Matschauge ist immer noch mein Hauptproblem. Was kann ich da jetzt tun?"

Vivian lässt sich mit einer Antwort viel Zeit. Sie sieht mich an und atmet tief ein. „Da gibt es viele Möglichkeiten", sagt sie, „vielleicht erstmal Weihnachten feiern? Nächste Woche bist du in der Augenklinik. Danach kann schon wieder vieles anders sein."

Ich überlege. Nach feiern ist mir im Moment nicht zu Mute, aber ich freue mich darauf, meiner Schwester zu begegnen und ein Weihnachtsgeschenk habe ich auch schon.

Die Botschaft

Lea fährt mich in die Klinik. Das Gefühl von Angst und die Frage, was mich dort erwartet, kann ich Lea nun mitteilen: „Vielleicht gibt es in der Augenklinik schlechte Nachrichten für mich. Ich habe im Internet nach meiner RCS gesucht und es gibt viele verzweifelte Menschen mit diesem Problem. Das bereitet mir echte Sorgen!" „Mein lieber Dominik", beginnt sie, „siehst du nicht, wie sich alles entwickelt? Ich kann es nicht genau erklären, aber in den letzten Tagen ist unsere Beziehung irgendwie schöner geworden. Findest du nicht auch? Wir sind offener miteinander. Diese Feiertage mit dir waren vielleicht die schönsten überhaupt für mich und das ist schon wie ein kleines Wunder und Wunder geschehen immer wieder. Du wirst dort Informationen bekommen und damit wird es weitergehen. Bist du sicher, dass du nachher mit dem Zug zurückkommen möchtest?" Ich bin sicher.

Wieder sitze ich in einem Wartezimmer, der Raum ist größer als beim Augenarzt und die Sitze sind hier nicht so gemütlich.

Meine Füße stelle ich gerade vor mir auf den Boden und lege meine Hände in meinen Schoß. Mit geschlossenen Augen atme ich langsam und gleichmäßig ein und wieder aus. Das Gespräch mit meiner Schwester geht mir durch den Kopf. Sie hat Recht, auch ich fühle mich ihr näher. Diese Erkrankung hat also schon etwas Gutes.

Ich schau mich um. Alte und junge Menschen sind hier und warten. Uns alle verbindet, dass wir an unseren Augen erkrankt sind. Wir haben alle unsere eigene Geschichte.

Eine Frau sitzt mir gegenüber. Sie hat ihr rechtes Auge mit einer Klappe abgedeckt. Sie öffnet ihr linkes Auge und sieht mich an, dann schaut sie zum Fenster und schließt es wieder. Alle paar Minuten wiederholt sie das.

Neben mir sitzt ein kleiner Junge. Er stellt seiner Mutter immer wieder Fragen, versucht dabei leise zu sein. Seine Mutter versucht, ihren Sohn zu beruhigen.

Hin und wieder wird ein Name über einen kleinen Lautsprecher ausgerufen: „Frau Kramer in die Drei!"

Neben mir steht ein junger Mann auf und geht zum Rauchen vor die Tür. Bestimmt schon zum fünften oder sechsten Mal. Wenn er zurückkommt, rieche ich den Qualm und finde es unangenehm. Ich überlege aber tatsächlich, ob ich ihn anschnorren soll. Dann stelle ich mir vor, dass der kleine Junge neben mir mich anschaut und seine Mutter fragt, warum ich so entsetzlich stinke.

Hin und wieder halte ich abwechselnd meine Augen zu. Soll ich weinen, rauchen oder Fragen stellen? Dann schließe ich wieder beide Augen und versuche, einfach ruhig zu atmen.

Ich stehe auf, hole mir ein Käsebrot aus meiner Jacke und bleibe zum Essen stehen. Ich gehe langsam im Zimmer umher und setze mich dann wieder. Das Wartezimmer leert sich. Es sind bereits 7 Stunden vergangen, ohne dass mein Name aufgerufen wurde.

„Herr Linde in die Fünf". Herr Linde, das bin ich. Ich gehe den Flur entlang und suche nach dem Raum. Die Zahlen an der Wand sind zum Glück groß genug gedruckt. Die Tür von Raum fünf steht offen. Ein junger Arzt sitzt an einem kleinen Tisch. Er fragt nach meinem Namen und fordert mich auf, mich zu setzen. Ich setze mich und sage:

„Guten Tag!" Jetzt holt er seine Begrüßung nach. Die Untersuchungsgeräte kommen mir vertraut vor. Der junge Arzt fragt mich nach meinen Problemen und ich antworte kurzgefasst. Er prüft und schaut mit dem Untersuchungsgerät in meine Augen. Dann murmelt er etwas und steht auf. Er verlässt den Raum und lässt die Tür offen. Ich fühle mich alleingelassen, hungrig und ich bin unruhig.

Nach einer Weile kommt der Oberarzt herein, auch er prüft meine Augen und fragt nach meinen Schwierigkeiten. Dann erklärt er mir, dass die RCS-Diagnose vermutlich richtig ist. Er möchte gern weitere Untersuchungen durchführen lassen. Er schickt mich in ein anderes, kleineres Wartezimmer.

Mit meiner Akte in der Hand setze ich mich zu anderen Patienten, die auch ihre Akte auf dem Schoß liegen haben. Ich bekomme Tropfen in mein rechtes Auge, damit sich die Pupille erweitert. Dann muss ich wieder warten.

Mein Name wird aufgerufen und ich komme in einen Raum mit verschiedenen, großen Geräten. Ich soll mich auf einen kleinen Stuhl setzen. Vor mir steht eine Art Rohr mit Linsen. Eine junge Frau begrüßt mich. Während ich meinen Kopf bewege, merke

ich, dass mein rechtes Auge ziemlich licht-
empfindlich ist. Ich folge den Anweisungen
der Ärztin und versuche, einfach nur ruhig
zu bleiben. Es werden Bilder angefertigt. Ein
paar davon werden ausgedruckt und ich bekomme sie in meine Akte gelegt. Damit gehe
ich dann wieder in das kleine Wartezimmer.

Dieser Raum ist weiß gestrichen und hat
eine kleine Lampe an der Decke. Mit meinem
rechten Auge bin ich kaum in der Lage, das
Licht anzusehen, weil es mich sehr stark
blendet. Mit dem linken Auge ist das kein
Problem.

Der Oberarzt bittet mich wieder in die
Fünf. Er schaut auf die Aufnahmen und be-
stätigt die Vermutung: „Sehen sie hier, direkt neben dem Sehnerv ist eine kleine Verformung ihrer Netzhaut zu erkennen." Ich
schaue mir das Bild an. Ja, etwas ist da verformt. Dann frage ich nach der Ursache.
„Hatten sie in letzter Zeit besonderen
Stress?" Das musste ich zugeben. Ein tiefes
Tal der Trauer liegt hinter mir. „Welche Behandlung schlagen sie vor?", frage ich ihn.
„Leider gibt es keine Behandlung. Laser können nicht so nahe am Sehnerv eingesetzt
werden. Medikamente gibt es für dieses
Krankheitsbild nicht. Unter ihrer Netzhaut

ist ein Äderchen geplatzt, dies hat die Verformung verursacht. Ihre Sehfähigkeit liegt jetzt mit Sehhilfe bei 30 bis 40 Prozent. Nach meiner Erfahrung wird sich dieser Schaden in den nächsten sechs Monaten leicht zurückbilden. Sie müssen sich darauf einstellen, dass sie dann vielleicht maximal 60 Prozent ihrer Sehfähigkeit erreichen. Danach bleibt der Zustand vermutlich stabil."

Hunderte Gedanken in meinem Kopf überschlagen sich. Soll ich noch etwas fragen? Ist das hier nur ein schlechter Traum? Dann höre ich noch tröstende Worte: „Viele meiner Patienten haben größere Schädigungen und manche auch auf beiden Augen." ‚Habe ich jetzt also Glück gehabt?', würde ich ihn gern fragen. Der Arzt verabschiedet sich von mir und ich gehe aus dem Raum. Dann bleibe ich stehen und kehre um. „Denken sie, dass ich so an einem Arbeitsplatz am Bildschirm eingesetzt werden kann? Darf ich überhaupt mit einem Auto fahren?" Ich bekomme eine Arbeitsunfähigkeitsbescheinigung für vier Wochen und soll mich kurz vor Ablauf der Zeit noch einmal vorstellen.

Es geht weiter, versuche ich mir zu sagen. Es soll ja besser werden, hat er gesagt. Jetzt erst einmal nach Hause. Ich bekomme noch eine Ausfertigung der Diagnose mit auf den Weg. Dann verlasse ich das Gebäude.

Ich öffne eine große Flügeltür. Schon beim ersten schmalen Spalt blendet es mich stark und ich öffne die Tür langsam weiter. Dann taste ich mich vorsichtig eine breite Treppe hinab. Es ist verdammt hell! Ich versuche nach vorn zu sehen, doch mein Blick senkt sich. Ich schaue auf meine Füße. Jetzt bleibe ich stehen. Das ist das Bild aus meinem Traum. Gespenstisch. Es ist genau so. Ein Schauer geht über meinen Rücken. Ich bin wie festgebunden. Dann halte ich mein rechtes Auge zu. Ich sage mir, dass es ab jetzt nur besser werden kann. Es wird besser. Mit meinem abgedeckten Auge kann ich langsam Richtung Bahnhof gehen.

Es fahren ja hier auch Busse, aber ich müsste erst einmal herausfinden, welche Linie ich benutzen kann. Wenn ich dann im Bus sitze, ist es vielleicht gar nicht so angenehm. Da laufe ich doch lieber. Eilig habe ich es ja auch nicht.

Wie selbstverständlich war es für mich, dass ich gut sehen konnte? Ich fühle mich jetzt behindert. Ein junger Mann im Rollstuhl kommt mir entgegen. Er sieht mich an, wie ich mit meiner Hand auf dem rechten

Auge, leicht schwankend, durch diese Fuß-gängerzone gehe. Ich setze mich auf eine Bank und schaue dem Rollstuhlfahrer hin-terher. Diese Stadt ist angefüllt mit kranken Menschen. Kleine Kinder müssen schon eine Brille tragen. Viele sind übergewichtig. Wa-rum fällt mir das jetzt erst auf? Menschen humpeln, tragen Verbände oder Hörgeräte. Ein paar wenige Passanten scheinen gesund zu sein, sind modisch gekleidet und stolzie-ren mit großen Einkaufstaschen umher. Ich bin ein Teil der kranken Gesellschaft. Was sagte Vivian? Meine RCS kann für etwas gut sein? Wieder öffnet sie mir die Augen und ich sehe die Menschen dieser Stadt anders, vielleicht sehe ich sie jetzt erst richtig, sehe sie, wie sie sind und sehe mich als Teil. Ich sehe viel mit meinen 30 bis 40 %.

Aufstehen, weitergehen, weiter zum Bahnhof. Weiter zum Ausruhen, zum Nach-denken, mich entdecken.

Allein in meiner Wohnung. Ich liege ein-fach nur da, habe meine Augen geschlossen. Gedanken kommen und gehen. Im Moment sind meine Gedanken alles was ich habe. Ich kann natürlich entscheiden, was ich glauben möchte. Was möchte ich denn denken? Ich möchte konstruktiv denken. Alles geschieht aus einem bestimmten Grund. Es gibt einen

Grund dafür, dass ich jetzt hier liege und denke. Ich überlege, was ich an meinem Leben verbessern möchte: mehr Ruhe. Jetzt habe ich die Zeit dazu. Ich versuche, mir vorzustellen, dass ich niemals wieder mit meinem Auto fahre. Das ist nicht konstruktiv! Den Gedanken verwerfen, sofort. Wie sammelt ein Oberarzt seine Erfahrungen? Er beschäftigt sich mit kranken Patienten. Was ist mit Patienten, die genesen sind und deshalb nicht wieder zu ihrem Arzt gingen? Somit könnte ein Mediziner nicht erfahren haben, dass eine Krankheit auch heilbar ist. Jetzt habe ich beide Möglichkeiten. Erstens, ich kann glauben, wieder gesund zu werden, weil die Möglichkeit besteht, oder ich kann dem Arzt vertrauen und die Hoffnung aufgeben. Da nehme ich doch lieber Möglichkeit eins.

Die Tage vergehen. Ich beschäftige mich nur mit dem Nötigsten. Jakob ruft mich an und fragt, wie es mir geht. Ich erkläre ihm meine Lage. Auch mit Vivian und Lea spreche ich immer wieder am Telefon. Am liebsten bin ich aber für mich allein und liege einfach nur da.

Heute ist Dienstag? Ja, richtig, Bowling. Mein Körper folgt einem Impuls, ich möchte sofort aufstehen. Dann entspanne ich mich wieder und taste nach meinem Smartphone. Ich rufe Lea an, um sie zu fragen, ob sie mich zum Bowling abholen kann. Sie stimmt zu und nimmt mich mit.

Wir sitzen in Leas Auto. Mit meinem linken Auge sehe ich Lichter von Laternen, entgegenkommende Autos und Personen. Ich versuche, sie zu fixieren. Mein rechtes Auge liefert kein verwertbares Bild. Somit läuft mein Gehirn auf Hochtouren und versucht, Abstände und Geschwindigkeiten einzuschätzen. Ständig kommen neue Objekte und ich versuche, mich zu orientieren. Es ist wie in einer rasenden Achterbahn: Man ist machtlos, kann sich nur festhalten und hoffen, dass es gleich vorbei ist.

Ich erkläre Lea, dass mir übel wird, wenn ich auf die Straße gucke und dass ich erstmal mit mir selbst zu tun habe, ihr also später noch vieles erklären werde.

Auch nach unten zu sehen ist nicht viel besser. Der Fußraum ist dunkel und mein Kopf wackelt durch die Bewegungen des Fahrzeugs hin und her. Dann schließe ich meine Augen und versuche wieder, mich zu entspannen. Wir fahren weiter. Ich setze meine Füße fest auf den Boden und sage mir, dass es bald vorüber ist.

Es gibt eine Spur mit Kopfsteinpflaster auf dem Weg zum Bowlingcenter. Genau jetzt passieren wir dieses Stück und ich kann schätzen, dass wir in einer Minute da sind. Der Blinker geht an, Lea bremst. Ich blinzle leicht und sehe den blauen Stern leuchten. Lea sagt, dass wir da sind und parkt ein. Schweißgebadet steige ich aus.

Wir gehen auf den Eingang des Centers zu. Lea ist direkt vor mir und öffnet den Türflügel. Ich fühle mich unsicher, sehe die Stufen vor mir leicht verschwommen. Noch vor kurzem bin ich hier locker hochgesprungen, aber jetzt traue ich mich nicht. Die Entfernung ist schwer einzuschätzen. Dann greife ich nach dem Geländer. Mike begrüßt erst Lea und dann mich: „Hey Nick, alles klar?" Ich antworte: „So richtig klar eigentlich nicht. Mein rechtes Auge sieht nur noch verschwommen, verdammte Augenerkrankung. Habe ich seit ein paar Tagen." Er schlägt vor, eine neue Brille zu kaufen. Irgendwie ist es mir jetzt zu viel, ihm alles zu erklären. „Das wird wohl nicht helfen", antworte ich. Dann höre ich Sebastian rufen: „Du machst ja Sachen!" Ich drehe mich um und begrüße meinen alten Kumpel. „Wie geht es deinem Auge?", fragt er mich. Ich

antworte: „Ach, Basti, Retinopathia Centralis Serosa geht eigentlich gar nicht." Sebastian fragt: „Geht das wieder weg?", ich erkläre ihm, dass mir die Ärzte bisher kaum
Hoffnung gegeben haben. „Da gib mal nicht
so viel drauf", kommt von ihm, „meiner Ulrike darfst du mit der Schulmedizin gar nicht
mehr kommen. Ihr solltet euch mal unterhalten!" Ich bedanke mich für die Empfehlung.
Wir gehen mit unseren Schuhen in der Hand
zur Bahn 22.

Mir fällt auf, dass ich versuche, mich nach
Geräuschen zu orientieren. Ich höre, dass ein
Strike geworfen wurde. War es ein Strike?
Ein Lautsprecher schallt links über mir, wir
gehen an ihm vorbei. Dann höre ich Vivian
lachen. Ich kann sie nicht genau sehen, aber
ich erkenne ihre Stimme. Wenn ich gehe, ist
mein Gehirn leicht überfordert, denn es kann
Objekte in Bewegung schwer fixieren. Wir
kommen an der Bahn an.

Ich begrüße Vivian und setze mich. Im Sitzen ist es angenehmer. Ich schaue auf die
Bahn und versuche, die Pins zu fixieren. Sebastian fragt, ob ich denn Alkohol trinken
darf, wegen der Medikamente. „Es gibt
keine Medikamente für die RCS", gebe ich
zu verstehen. „Bitte wieder ein kleines Blon-
des!" Er legt eine Hand auf meine Schulter

und sagt: „Das wird schon wieder!" Das entspricht meinen Vorstellungen. Ich nicke ihm zu und klatsche leicht auf seine Hand.

Lea hat ihren Wurf gemacht. Ich kann nicht sofort erkennen, wie viele Pins sie abgeräumt hat. Jedoch registriere ich das Geräusch vom Aufschlag der Kugel. Vivian kommentiert ihren Wurf: „Den einen räumst du gleich ab!" Die Position des Lautsprechers wird mir wieder bewusst. Leas zweite Kugel ist auf dem Weg. Ihr kleines Aufspringen sagt mir, dass es ein Spare ist. Vivian steht auf, Lea kommt zu mir und fragt, ob es denn bei mir mit dem Bowlen gehen wird. Ich zeige mich optimistisch. Dann ziehe ich die Schlaufe meiner Schnürsenkel fest, während ich Vivians Wurf zuhöre. Es ist nicht einfach, zu viele Geräusche lenken ab. Andere Spieler werfen und rufen, die Musik erschwert es noch mehr. Ich versuche, mich zu entspannen. Vivian setzt sich neben mich und sagt: „Mach was draus!"

Ich stehe auf und greife die Kugel. Ich stelle mich auf meine Position. Tief atmen, Schultern hängen lassen. Ich sehe nach vorn, alles ist zu erkennen, weil wohl mein linkes Auge verlässliche Informationen liefert. Dann lasse ich meinen Arm nach hinten schwingen und gehe auf die Bahn zu. Ich kann jetzt nicht zurück, kann nicht zwischendurch anhalten und mich neu orientieren. Ich bin irritiert, lasse dann einfach die Kugel los und stelle fest, dass sie in der Rinne gelandet ist. Was hatte ich erwartet? Ich gehe zu meinem Platz. Sebastian ist zurück und hält mir das Glas entgegen. Er sagt einen lieben Trinkspruch: „Auf dich, dass du bald wieder gesundwirst!"

Ja, an der Hoffnung möchte ich mich festhalten. Ich möchte lernen, besser mit mir zurecht zu kommen und neue Wege entdecken.

Neue Wege

Der erste Schritt

Ich sitze in meinem Auto und atme tief ein und aus. Wehmütig ist mir zumute. Vielleicht sitze ich zum letzten Mal in meinem Auto. Es ist für mich unvorstellbar, niemals wieder Auto zu fahren. Jeden Tag bin ich mit dem Auto zur Arbeit gefahren. Jetzt bin ich krankgeschrieben, ich muss nicht zur Arbeit. Ich muss nirgendwo hin. Außerdem ist mir im Moment das Risiko einfach zu hoch, mit dem Auto zu fahren. In 2 Wochen muss ich wieder zum Arzt. Dazwischen höchstens zum Supermarkt. Vielleicht zum Bowling am Dienstag? Doch zuerst möchte ich gesundwerden. Ich brauche Ruhe, kein Auto.

Ich checke noch einmal meine Sehfähigkeit. Es ist wie der Blick durch einen Glasbaustein. Leichte Panik möchte mich durchschütteln, möchte mir Tränen der Verzweiflung schicken. Jetzt steige ich aus meinem Auto aus und schließe es ab. Der Gehweg ist mein neuer Weg. Ich habe jetzt viel Zeit für mich.

In meiner Wohnung bin ich unruhig. Für mehrere Minuten stehe ich dann einfach nur da. Was soll ich nun machen, mich hinlegen? Etwas treibt mich an, mein Körper will in Bewegung bleiben. Ich mache mich auf den Weg zum Gehweg. Ich gehe eher langsam, denn hin und wieder muss ich mich orientieren. Um mein rechtes Auge herum spüre ich einen Druck, als ob jemand einen Finger auf meinen Wangenknochen legt. Die Schwellung in meinem Oberkiefer ist nicht weniger geworden. Ich bleibe stehen, schließe beide Augen und warte. Dann gehe ich weiter. Der Blick in die Ferne ist sehr anstrengend. Ich kann eine Weile die Informationen verarbeiten, doch dann muss ich die Augen schließen. Der Zwischenspeicher für die Daten läuft gewissermaßen über, ich bleibe wieder stehen. Ich blinzle leicht nach unten auf den

Gehweg. Ich wandere mit meinem Blick geradeaus. Eine Bank steht ein paar Schritte weiter. Pause.

Es ist der 23. Januar. Vor genau einem Monat verließ mich meine gewohnte Sehkraft. Seit der Diagnose habe ich mir viel Ruhe gegönnt und mich auch immer wieder gefordert. Die Panik ließ sich allerdings nicht vollkommen abschütteln.

Das Sonnenlicht bereitet mir Probleme, denn die Schatten haben scharfe Konturen. Mit dem linken Auge sehe ich harte Kanten und Kontraste. Diese Informationen muss mein Gehirn mit einem eher weichen Bild vom rechten Auge in Übereinstimmung bringen. Das ist ziemlich anstrengend. Ich lasse mir Zeit, atme in Ruhe ein und aus und orientiere mich. Meine Augen sind geschlossen. Ich höre den Wind in den Bäumen. Ein Automotor wird gestartet. Ich höre mein Atmen. Eine Wolke schiebt sich vor die Sonne. Ich öffne die Augen. So ist es angenehmer. Dann stehe ich auf und gehe langsam weiter. Alle fünf Schritte schließe ich kurz beide Augen. Das klappt erstaunlich gut. Ich bin entspannter.

Ein Radfahrer kommt mir entgegen. Ich fixiere das Rad. Wenn ich mich auf ein Objekt konzentriere, ist es für mich einfacher. Eine

Landschaft ist komplex, es gibt sehr viele Informationen, die erfasst werden müssen. Ein einzelnes Objekt betrifft nur einen kleinen Winkel, die Menge an Daten ist dann begrenzt. Diese Technik hilft mir. Ich schaue nicht einfach geradeaus, sondern fixiere einzelne Objekte, wie einen Baum, ein Haus oder ein Schild. Ich habe das Gefühl, dass ich ein Stück weitergekommen bin, mit meinem Schicksal umzugehen. Daher mache ich mich auf den Rückweg. Die neue Art zu sehen strengt mich an, leichte Kopfschmerzen und Müdigkeit sind das Resultat. Das ist neu für mich, sonst habe ich keine Kopfschmerzen. Es ist nicht mehr weit. Ich spüre Hunger und Durst.

Zuhause angekommen, setze ich mich auf meine Couch. Die Sonne scheint in mein Wohnzimmer. Das war einer der Gründe, warum ich diese Wohnung haben wollte. Im Moment ist es für mich nicht sehr angenehm. So lange ich mich nicht bewege, ist es aber auszuhalten. Wenn ich ganz ruhig bin, nehme ich auch die Kontraste ohne Anstrengung wahr. Ich schließe meine Augen und entspanne meine Schultern. Nach mehrmaligem Ein- und Ausatmen verschwinden langsam die Kopfschmerzen. Jetzt kann ich mich um den Hunger kümmern.

Während ich mir Brote schmiere und Tee koche, stelle ich mir die Frage, welchen Einfluss wohl meine Ernährung auf meine RCS haben könnte. Gibt es vielleicht auch neue Wege für meine Ernährung? Gemüse und Obst stehen auf meinem wöchentlichen Speiseplan. Ein Apfel am Tag war mal meine Devise, bis vor einem Jahr. Es ist noch ein Apfel in der Woche. Wenn ich ehrlich bin, spare ich gern beim Lebensmittelkauf. Ja, ich habe Berichte über gespritztes Obst und behandeltes Gemüse gesehen und gelesen. In meinem Bekanntenkreis gab es jedoch wenig Diskussion darüber. Bis heute habe ich das nicht so ernst genommen. Nun bin ich an einem Punkt in meinem Leben angekommen, wo ich mich kritischer betrachten möchte und mir selbst eingestehen kann, dass ich in der Vergangenheit Fehler gemacht habe. Wobei der Begriff Fehler vielleicht nicht so richtig passt. Ich traf Entscheidungen für mich, die bestimmte Folgen hatten. Wenn mir diese Folgen heute nicht passen, kann ich sagen, dass ich nun einen anderen Weg einschlagen möchte, um zu beobachten, zu welchen Ergebnissen dieser Weg führt. Außerdem wird es immer ein Weg bleiben. Ich werde kein Ziel erreichen, nicht irgendwann da sein und nichts mehr zu tun haben, alles wissen und alles erreicht haben. Ich möchte immer weiter beobachten, lernen, zuhören und mich entwickeln.

Das Klingeln meines Telefons unterbricht meinen Gedankenfluss, es ist Sebastian. Er möchte sich erkundigen, wie es mir geht. Ich versuche zu erklären: „Allerhand geht mir durch den Kopf. Ich muss einiges auf die Reihe bekommen. Gerade bin ich beim Thema Ernährung. Bevor du angerufen hast, ging mir die Frage durch den Kopf, ob ich der Qualität meiner Nahrung trauen darf." Pause. Keine Antwort. „Sebastian? Bist du noch dran? Hallo!" Dann höre ich Schritte: „Sag mal, darf ich dir kurz Ulrike geben?" Klar darf er. Im Hintergrund höre ich Sebastian und Ulrike reden. Dann spricht Ulrike mit mir. „Sebastian hat mich eben über euer Thema informiert. Du fragst nach der Qualität deiner Nahrung? Wo kaufst du denn ein?" Ich zähle ein paar Märkte auf und weise darauf hin, dass viel Obst und Gemüse auf meiner Einkaufsliste stehen. „Du bist offen für ein paar meiner Gedanken zu diesem Thema? Ok, dann versuche ich mal vorsichtig zu formulieren. Deine Lebensmittel sind Industrieware. Die Industrie ist darauf angewiesen, hohe Umsätze einzufahren, weil dann der Gewinn gesteigert wird. Die Qualität der Produkte muss demnach nur das Kaufverhalten steigern. So lange die Produkte gekauft werden, ist es ein gutes Geschäft. Klar soweit?" Ich bejahe und bitte sie fortzufahren. „Damit steht dir eine neue Welt offen. Wenn du mit diesem kritischen Blick in die Regale schaust, wirst du aufwachen und einen wichtigen Schritt gehen können. Deine Frage, ob Nahrung uns schaden kann, ist mehr als berechtigt." Ich frage, warum wir dann immer noch mit diesen Produkten versorgt werden, beantwortet Ulrike wie folgt: „Weil wir als Konsument funktionieren. Bedenke, dass Nahrung im Körper verdaut wird. Das bedeutet, dass ein Teil der Nahrung und auch der Luft, die du atmest, zu dir selbst wird. Auch alles, was mit deiner Haut in Kontakt kommt, wird zum Teil zu dir selbst. Allerdings macht erst die Dosis das Gift. Manche Heiler raten vor der Behandlung einer Krankheit zur Entgiftung. Oft heilt der Körper sich dann schon von allein." Ich unterbreche Ulrike: „Das ist eine neue Betrachtung der Dinge für mich. Woher hast du diese Informationen?" Sie gibt mir noch ein paar Buchtipps und dann verabschiedet sie sich. Ich bedanke mich bei ihr und lasse Sebastian grüßen. Wieder eine neue Strategie?

Auf dem Fahrrad

Das Autofahren habe ich hinter mir gelassen, ich nehme jetzt das Fahrrad, um weite Strecken zu fahren. Auf dem Fahrrad habe ich irgendwie zu mehr Ruhe gefunden. Immer besser filtert mein Gehirn die unscharfen Bilder vom rechten Auge heraus. Mein Kopf ist klar, der Himmel bedeckt, die Luft frisch und kühl. Mein Atem geht tief in meinen Bauch hinein. Ich bin ganz bei mir und meiner Atmung. Ganz im Jetzt und Hier kann ich noch nicht verharren. Ich denke noch über meine Ernährung nach.

Ein Auto mit eingeschaltetem Licht kommt mir entgegen. Abenddämmerung hat bereits eingesetzt. Die Dunkelheit erschwert mir die Orientierung. Beim Prüfen mit dem rechten Auge sehe ich an einem Auto sechs Scheinwerfer, die allerdings recht scharf. Verblüffend, komisch, faszinierend. Ich bleibe ganz ruhig bei dieser Erkenntnis. Es ist für mich ein gutes Zeichen, dass sich meine Sehbeeinträchtigung verändert. Zur Sicherheit schaue ich nun mit links. Also am Auto liegt es definitiv nicht.

Ich biege rechts ab und fahre noch ein Stück an einem Fluss entlang. Natur pur. Ich sehe einen Radfahrer, er steht mitten auf dem Weg. Er hat Ähnlichkeit mit Sebastian. Er ist es tatsächlich: „Hallo Basti!" „Hallo Nick!" Er fragt, wie es mit meinem Auge vorangeht. Ich antworte: „Alles ist in Bewegung". Ich erzähle ihm von dem Phänomen mit dem dreifachen Sehen, den sechs Scheinwerfern an einem Auto. Er ist auch fasziniert.

Wir stehen einfach nur da und schauen in den Wald. Es ist ein Genuss für uns, den Waldboden zu riechen, Eichhörnchen zu entdecken und das Rauschen der Blätter zu hören. Wir unterhalten uns über Ernährung und Gesundheit. Ulrike ist seit Jahren Veganerin und Sebastian geht es sehr gut als Vegetarier. Er möchte nicht auf Schuhe mit Leder verzichten und isst zum Beispiel gern Honig.

Wir unterhalten uns über Mike. Er ist auch ein gutes Beispiel für jemanden, der sein Leben zum Positiven verändert hat, weil ihn eine Erkrankung heimsuchte.

Meine Erkrankung beschränkt sich darauf, dass ich mit einem Auge nicht mehr richtig sehen kann, aber auf der anderen Seite hat sie mir Einblicke in viele Richtungen erst ermöglicht.

Bei der Heilpraktikerin

Es ist April. Draußen wechseln sich Sonne und Wolken ab.

Neben mir ein Bücherregal, anscheinend ohne Ordnung steht ein Buch neben dem anderen, jedenfalls kann ich keine Ordnung erkennen. Aber ich weiß mittlerweile, dass vieles existent ist, auch wenn ich es nicht sehen kann, vielleicht nie sehen werde. Neben mir steht eine Behandlungsliege.

Auch in Sachen ärztlichem Beistand bin ich neue Wege gegangen und habe mir Hilfe bei einer Heilpraktikerin gesucht. Kurz nach dem Auftreten der RCS war ich schon einmal in einer Behandlung. Ich sehe nach draußen. Dann halte ich wieder einmal meine linke Hand vor mein linkes Auge.

Hinter mir öffnet jemand die Tür. „Guten Tag Herr Linde, ich bin Anne Wiebe." Dann hört sie mir zu, sie spricht nicht, ab und zu macht sie sich Notizen. Sie scheint gelassen, nicht ungeduldig. Ich versuche in meiner Erzählung chronologisch zu bleiben. In den letzten Monaten habe ich immer wieder meine Geschichte erzählt. Mittlerweile beginne ich sie nur noch mit dem Anfang des letzten Jahres. Ich beschreibe kurz meine Beziehung zu Nicole und das Ende. Dann den plötzlichen Sehverlust und die Diagnose „RCS".

Frau Wiebe hört gespannt zu. Sie fragt nicht nach, als ich die Abkürzung verwende, sondern nickt ein wenig mitfühlend. Dann fahre ich fort: „Anfang Februar war ich schon einmal in Behandlung bei einer Heilpraktikerin. Nach mehreren Sitzungen mit Akupunktur und einigen homöopathischen Präparaten habe ich die Behandlung abgebrochen. Es wurde mittlerweile recht teuer und wir konnten keinen merklichen Erfolg verbuchen. Ich ließ meinen Kopf in einem MRT durchleuchten. Es gab keinen Befund. Ende Februar wurde ich noch in einer zweiten Augenklinik untersucht. Die dort verwendeten Geräte schienen mir hochwertiger zu sein. Jedenfalls konnten bessere Werte für mein linkes Auge ermittelt werden."

Mein Gegenüber gibt vorsichtig zu verstehen, dass das ein Erfolg der Behandlungen im Februar gewesen sein könnte. Da muss ich ihr Recht geben: „Mit den neuen Werten ließ ich mir Brillengläser anfertigen. Der Sehfehler auf dem rechten Auge unterlag und unterliegt heute noch einer Dynamik. Manchmal sehe ich mit dem rechten Auge dreifach. Wenn mir ein Auto entgegenkommt, sehe ich sechs Scheinwerfer. Mit dem linken Auge sehe ich tatsächlich nur zwei. Am nächsten Tag ist der Fehler wieder anders, manchmal wie verschmiert oder unscharf. Für mich sind diese Veränderungen ein gutes Zeichen." Frau Wiebe nickt: „Ihr Körper ist mit der Heilung beschäftigt!" Dann fordert sie mich auf, mich zu entkleiden. Während ich dem nachkomme, berichte ich weiter: „Da ich über Monate nicht mit dem Auto gefahren bin, habe ich einige Strecken mit dem Fahrrad zurückgelegt. Meine Kondition hat sich dadurch verbessert und ich habe jetzt wesentlich weniger Rückenschmerzen. Nächste Woche arbeite ich auch wieder im Büro. Mit der neuen Brille ist es zwar nicht wie früher, aber mein Gehirn gibt mir meistens nur die Informationen von meinem linken Auge zur Verwertung und damit kann ich umgehen." Ich soll mich gerade hinstellen, dann nach vorn beugen und mich wieder aufrichten. Ich darf mich auf die Behandlungsliege legen und werde abgetastet. Den Zustand der Organe fragt sie über den kinesiologischen Muskeltest ab. Dann verdreht sie mich noch. „Auf die Seite legen, Bein anwinkeln, Arm nach hinten, ausatmen." Knack! Erleichterung. Mir fällt plötzlich ein, dass ich diese Schwellung im Mund habe. Vielleicht habe ich mich schon zu sehr daran gewöhnt. Die Untersuchung in meinem Mund zieht einen Moment der Stille nach sich. „Das sollten sie nicht auf die leichte Schulter nehmen. Bitte zeigen sie das einem Zahnarzt." „Da war ich schon", gebe ich zu verstehen. „Hier ist meine Empfehlung einer guten Zahnärztin und Allgemeinmedizinerin, Frau Dr. Marleen. Wenn sie keine Ursache der Schwellung findet, kommen Sie bitte wieder zu mir."

Ich darf mich wieder anziehen. Sie schreibt einiges in meine Akte. Ich setze mich. „Wenn sie viel trinken, sich gesund ernähren und ausreichend bewegen, bin ich guter Hoffnung, dass sich ihre RCS zurückbilden wird. Sie brauchen aber auch ein wenig Geduld. Ich werde nichts verschreiben. Sie brauchen auch nicht wieder zu mir zu kommen." Ich bedanke mich: „Das ist eine gute Nachricht!" Dann kommt doch noch ein guter Rat: „Sie wissen, warum Kaninchen keine Brille tragen?" „Weil sie Karotten fressen?" Dann höre ich noch: „In allem steckt ein Fünkchen Wahrheit."

Bahn frei

Ich spüre die Kugel in meiner linken Hand. Meine Schultern fallen. Ich atme tief ein. Ich bin mir meiner Umgebung bewusst, spüre den Raum um mich herum.

Die Höhenenergie der Kugel vergrößert sich dadurch, dass ich sie über das Niveau der Bahn hebe. In meiner Hand spüre ich die Kraft der Erdanziehung. Die Kugel strebt danach, zu fallen. Auch den Boden spüre ich unter meinen Füßen. Es ist, als würde ich einen Bogen spannen.

Ich bin innerlich ruhig und entspannt. Dann gebe ich die Energie der Kugel frei, sie wird durch meinen Arm in Bewegung verwandelt. Die Bewegungsenergie wird verstärkt und gelenkt, weil ich meinen Körper nach vorn fallen lasse. Mein Blick geht nur beiläufig nach vorn, der Rest passiert automatisch. Die Kugel schwingt vor, noch halte ich sie fest. Bewegungsenergie ist nun in der Kugel gespeichert, ich lasse die Kugel los.

Meine Konzentration ist immer noch bei der Kugel. Sie erreicht die Pins. Ihre Richtung und Bewegung lässt alle Pins fallen. Strike!

Ich drehe mich um und schaue in liebevolle Gesichter. Vivian strahlt mich an: „Du wirst uns heute alle schlagen! Deinem Auge scheint es viel besser zu gehen. Ist das so?" Ich verneine: „Mit rechts ist es kaum besser geworden, aber ich ziele ja auch mit links!" Alle lachen.

Ich setze mich zu Sebastian. „Du hattest mir einmal angeboten, mit Ulrike zu sprechen. Ich möchte gern darauf zurückkommen. Wann könnte ich mich mal mit ihr treffen?" Sebastian grinst: „Ich darf dir liebe Grüße von ihr ausrichten. Sie hat einen Tipp für dich. Heidelbeere und Lutein gibt es als Nahrungsergänzungsmittel. Da hast du eine natürliche Quelle von Heilkräften zur Regeneration, sagt sie." Ich zeige mich zuerst skeptisch: „Schon komisch, dass mir vorher niemand diesen Tipp gegeben hat. Deinem Grinsen entnehme ich, dass Ulrike vermutet hat, dass ich das sagen werde."

Und wenn ich jetzt über meine eigenen Worte nachdenke, muss ich zugeben, dass mein Infragestellen nur Wege versperren kann. „Ich werde mich mit Heidelbeere und mit Lutein befassen." Er nickt mir zu und gibt zu verstehen: „Wie meine Ulrike immer zu sagen pflegt, alles passiert aus einem bestimmten Grund zu einer bestimmten Zeit."

Während er das sagt ist er mir sehr nahe. Es ist nicht nur die jahrelange Freundschaft, die uns verbindet, es ist mehr. War es schon immer mehr und nehme ich es jetzt erst wahr? Ich erzähle ihm, dass ich wieder arbeite. Auch Vivian und Lea hören gespannt zu. „Ich habe zwei Tage im Büro verbracht und bin eher angenehm überrascht. Mit meinem linken Auge ist ein Arbeiten möglich, mit dem rechten Auge ausgeschlossen. Mein Gehirn filtert immerzu die verschwommenen Bilder vom rechten Auge heraus. Auf die Dauer ist das anstrengend und ich muss mehr kurze Pausen machen als früher, aber gebraucht zu werden, ist eben auch ein gutes Gefühl."

Vivian fragt: „Wann fängst du denn wieder mit dem Autofahren an?" So richtig vermisst habe ich es noch nicht aber ich gebe zu: „Das könnte auch mal wieder losgehen!" Lea berichtet, dass manche auch nur mit einem Auge sehend Auto fahren.

Ich komme langsam wieder in mein altes Leben zurück, das merke ich in diesem Moment. Die letzten Monate waren verbunden mit einigen Entbehrungen aber auch mit vielen neuen Erfahrungen.

Frühling

Neue Wege zu gehen und zu erforschen – das ist ohne Zweifel eine Entwicklung in meinem Leben, die ich ohne die RCS nicht erreicht hätte. Ohne die Erkrankung wären viele dieser Wege von mir unentdeckt geblieben. Wie dieser Weg durch den Wald. Jetzt im Frühling findet man sich hier in einem wahren Paradies wieder. Das jungfräuliche Grün empfängt mich mit einem überwältigenden Vogelkonzert. Die Moose bedecken den Boden, der Fluss begleitet mich. Es ist bewölkt, so ist es mir am liebsten.

Mein Rad trägt mich, die weiche Sattelfederung schwingt mich auf und ab. Die Luft ist herrlich. Im Wald bin ich fast immer allein, muss niemandem ausweichen. Ich fahre nicht schnell, das fordert mich zu sehr. Es ist ein getriebenes Rollen. Bergauf werde ich langsamer. Meine Geschwindigkeit verliert an Energie, dafür sammle ich Höhenenergie ein. Auf der Kuppe habe ich kaum Geschwindigkeit. Ich kann mich mit leichtem Treten weiterbewegen. Dann fahre ich mit ebenso leichtem Treten hinab. Ich schalte intuitiv. Welcher Gang gerade geschaltet ist, spielt keine Rolle. Es ist immer der Richtige. Diese Strecke bin ich schon oft gefahren. Die Wegführung ist mir bekannt. So muss ich nicht darüber nachdenken, welchen Weg ich einschlage. Hier am Fluss gibt es kaum Gabelungen. Der Weg ist einfach für mich da. Ich werde selbst zum Weg, verforme ihn, hinterlasse meine Spuren. Wir kennen uns und brauchen uns, befinden uns in Symbiose. Hier zu fahren hat etwas Meditatives. Alles, was mich beschäftigt hat, liegt hinter mir. Es gibt nur das Jetzt und Hier. Mein Kopf wird frei. Wie kleine Blätter, die durch den Fahrtwind kurz aufgewirbelt werden und dann liegen bleiben, so kommen und gehen die Gedanken. Ich versuche nicht, mich an etwas festzuhalten. Das würde meine Fahrt behindern. Alles was ich brauche, ist hier. Eine Leere, in der ich eine grenzenlose Fülle empfinde. Alles was kommt, darf kommen. Alles, was gehen möchte, darf gehen.

Dann fliegen Gedanken durch meinen Sinn, wie Blätter, die ich aufwirbele. Ich sehe meine Mutter vor mir, sie hat ihre Tür geöffnet und bittet mich herein. Ich sitze auf einem Schlitten und gleite den Berg hinab. Leberwurstbrot mit Gurke. Nicole neben mir am Frühstückstisch. Weihnachtsbaum mit echten Kerzen. Heidelbeere mit Lutein!

Eine Fußgängerin taucht vor mir auf. Ich entdecke kurz darauf einen Hund. Meine Klingel schallt. Die Frau dreht sich um und geht dann an die rechte Seite. Sie ruft ihren Hund: „Geh' zur Seite!". Ich frage mich, wie wohl der Hund reagieren wird. Er bleibt erfreut mitten auf dem Weg stehen. Jetzt passiere ich die Frau, welche erneut ruft: „Vorsicht!" Ihrer Lautstärke nach zu urteilen, meint sie nicht mich. Der Hund, ein Golden

Retriever, geht natürlich nicht zur Seite, sondern auf mich zu. Ich entscheide mich, rechts an ihm vorbei zu fahren. Mir fällt so einiges ein, was ich der Frau zurufen könnte, jedoch nichts davon hätte eine gute Chance, die Meinung der Frau über sich selbst oder über ihre Art, mit dem Hund zu reden, zu verändern.

Ich sage mir, dass die beiden sich gesucht und gefunden haben, was sie vermutlich glücklich macht und, dass sie auch nur Blätter sind, die ich mit meinem Fahrtwind aufgewirbelt habe und beide sich wieder auf ihren eigenen Weg machen.

Bei der Begegnung mit dem Hund kam keine Verunsicherung in mir auf. Ohne Anstrengung wich ich ihm aus. Das ist ein ergreifendes Gefühl. Freude kommt in mir hoch und ich muss zufrieden grinsen.

Ein kleines Hungergefühl wird an mein Gehirn gesendet. In wenigen Minuten werde ich zu Hause sein. Ich überlege mir schon, was ich essen möchte. Einen Schluck Wasser noch im Fahren. Und dann möchte ich noch Heidelbeere mit Lutein besorgen.

Nachdem mir Sebastian und Ulrike den Tipp gaben, recherchierte ich dazu im Internet. Es sah vielversprechend aus, also gab ich der Heidelbeere eine Chance.

Durch meine veränderte Freizeitgestaltung gebe ich auch weniger Geld für unnützes Zeug aus, von dem ich nach wenigen Tagen kaum noch wusste, was es eigentlich war.

Obwohl ich viel Zeit hatte, über Wochen krank zuhause war, habe ich sehr wenig ferngesehen. Der Einfluss der Werbung auf mein Kaufverhalten war vorher größer. Der Fernseher hat mir gezeigt, was ich angeblich brauche.

Jetzt kann ich mehr in gesunde Ernährung investieren. Nahrungsmittelergänzung, das beste Brot der Stadt mit Verzicht auf Weizen. Dazu Feigen und Nüsse, Bioprodukte, gute Öle, viele Karotten, fast kein Fleisch mehr und so weiter. Ich fühle mich bereits um einiges besser, meine Haut ist besser geworden, meine Rückenschmerzen verschwunden. Ernährung war für mich viel zu lange einfach nur die Zufriedenstellung meines Hungers. Der Schock meiner Erkrankung hat mich wachgerüttelt. Eine ganze Reihe von kleinen Wehwehchen hatte ich einfach akzeptiert. Den Zusammenhang von Gesundheit und Nahrung, Kosmetika, Bewegung und Lebenseinstellung beginne ich gerade zu begreifen.

Wann kam eigentlich der Funke? Wann war der Moment, war die Zeit, in der sich so viel veränderte? Mein Leben war ja vorher eigentlich in Ordnung. Mir fehlte die Liebe, dann kam Nicole und alles war bunt. So hoch wir flogen, so tief war der Absturz. Die letzte Zigarette am Fenster, das Loslassen dieser Beziehung. Die Umsetzung verschleppte sich noch ein wenig, aber Stück für Stück konnte ich sie dann doch vollziehen. Im Bewusstsein erreichte ich eine neue Ebene. Ich kann mich erinnern. Meine Beziehung zu Nicole war vorüber. Ich hatte meine neue Wohnung bezogen. Was hat mich damals auf diesen Weg gebracht? Mein Weltbild wurde neugestaltet. Ich legte mir die Tarotkarten. Das war noch vor der RCS.

Frage und Antwort

Von Zeit zu Zeit frage ich meine Tarotkarten. Eigentlich immer nur dann, wenn es mir schlecht geht oder ich nicht weiß, wie ich mich entscheiden soll. Eine ganze Reihe von Fragen schwirren mir in meinem Kopf herum. Warum musste das alles passieren? Nicole zu treffen, mich sofort zu verlieben, ohne nach links oder rechts zu schauen. Unser steiler Aufstieg und dann der jähe Absturz. Mein Zusammenbruch und die Flucht zu meiner Schwester. Mit den Karten vor mir, fällt mir allerdings keine konkrete Frage ein, die ich an die Karten stellen möchte.

Wenn ich mich ernst nehme und meine Frage und die Karten ernst nehme, dann können fruchtbare Erkenntnisse daraus wachsen. Die Antworten sind ja schon in mir, das Tarot ist nur eine Möglichkeit, sie zu erkennen.

Die Karten sind gewählt, damit entscheide ich mich quasi für das „Verkehrsmittel". Jetzt brauche ich noch einen „Fahrplan", also das Legesystem. Die Frage ist dann das „Fenster", aus dem ich während der Fahrt schauen möchte.

Da ich im Moment keine Entscheidung treffen muss, kommen nur wenige Legesysteme in Frage. Ich entschließe mich für das Narrenspiel. Hier werden 12 Karten gezogen, allerdings wird vorher der Narr aus dem Stapel genommen und später in die gezogenen 12 Karten gemischt. Diese 13 Karten werden dann in einer Reihe ausgelegt. Der Narr gibt in diesem Strang das Jetzt wieder. Karten links vom Narren sind Vergangenheit, rechts von ihm weisen in die Zukunft. Die einzelnen Karten stehen zum Beispiel für Geschehnisse oder Gefühle.

Meine Frage sollte den Kern der Sache treffen. Bevor ich Nicole traf, war ich ein Tumbleweed, von außen angetrieben, bis mich plötzlich etwas hielt. Der Halt war alles, was ich wollte. Die Liebe war alles, was mich hielt. Zu der Zeit gab es keine Fragen, nur die Wurzel. Und genau das, was ich mir wünschte, war auch das, was ich bekam. Nicht mehr und nicht weniger. Ungeschickt war ich oder einfach nur verliebt. Wie wird es weitergehen? Das Narrenspiel zeigt mir Vergangenheit und Zukunft, also sollte die Frage das auch berücksichtigen.

Meine Frage an die Karten: „Wie war und wird mein Liebesleben?"

Ich nehme die Karten und mische sie. Ich hebe ab und mische weiter. Die Frage bleibt präsent. Ich lege die Karten im Bogen vor mir aus. Dann halte ich meine Hand über die Karten und bewege sie langsam über den Bogen. Ich spüre manchmal etwas Wärme in der Hand und wähle die Karte, die in diesem Moment unter meiner Hand liegt. Das mache ich 12 Mal. Den Bogen schiebe ich zusammen und lege die Karten zur Seite. Unter die 12 gezogenen Karten mische ich den Narren, immer noch mit meiner Frage im Kopf. Dann lege ich die Karten von links nach rechts aus.

Die ersten drei Karten sind
Die Fünf der Scheiben
Der Narr
Die Zehn der Stäbe
Die Fünf der Scheiben steht für Quälerei. Wirklich, bisher war alles nur Quälerei? Es ist die einzige Karte, die in die Vergangenheit weist. Ich lese die näheren Beschreibungen dieser Karte im beigelegten Buch und erkenne eine ganze Reihe von Umständen wieder. Nein, bisher war natürlich nicht alles nur Quälerei. Es lief jedoch oft darauf hinaus.

Der Narr als zweite Karte gefällt mir. Es liegt noch viel vor mir und ich bin bereit für die Zukunft.

Die Zehn der Stäbe steht für Unterdrückung. Das hört sich zunächst dramatisch an. Vielleicht mag man sagen, dass Unterdrückung eine schlechte Karte ist. Mir kommt das Wort „Zahnweh" in den Sinn. Zahnweh ist ein Signal des Körpers, dass hier ein Problem gelöst werden muss, welches das Ergebnis von schlechter Pflege sein kann oder uns auf eine Entzündung im Körper aufmerksam macht, die weit schlimmere Folgen als Schmerz haben kann.

Die dritte Karte lässt mich nicht los, denn es ist die erste Karte nach dem Narren und damit vielleicht die wichtigste Karte im Spiel. Diese Station muss ich passieren. Diese Unterdrückung muss ich erkennen und mit ihr umgehen, erst dann ist der Weg frei für die nächsten Karten. Schon jetzt habe ich eine wunderbare Chance, mich auf den Umstand Unterdrückung einzustellen und schon jetzt kann ich schauen, was dazu führen könnte.

So lange ich in keiner Beziehung bin, kann ich niemanden unterdrücken oder unterdrückt werden. Doch ich kann Unterdrückung empfinden, aus Begebenheiten in der Vergangenheit oder ich kann mich selbst unterdrücken. Unterdrückung ist in mir. Sie könnte vielleicht einer Beziehung im Wege stehen.

Ich wähle ein weiteres Legesystem, um Die Zehn der Stäbe zu hinterfragen[2]:

Das Kreuz.

Meine Frage ist schnell gefunden: „Wie soll ich mit meinem seelischen Problem der Unterdrückung umgehen?"

---

[2] Das Hinterfragen einer Karte kann ein hilfreiches Werkzeug sein. Hier geht man in die Tiefe der Aussage einer einzelnen Karte, um mehr über die Umstände zu erfahren.

Ich mache ein Foto vom Narrenspiel, um später hier weiterarbeiten zu können. Dann mische ich wieder die Karten, habe meine Frage im Kopf, mische und mische. Ich habe wieder das Gefühl, dass ich genug gemischt habe und lege die Karten im Bogen aus. Für das Kreuz brauche ich vier Karten. Diese lege ich im Kreuz aus, in der Reihenfolge laut Anleitung.

Die erste Karte sagt, worum es geht.

Ich ziehe den Narren.

Der Narr steht für einen neuen Lebensabschnitt, ohne feste Erwartungen. Die hinterfragte Karte Unterdrückung steht also im Zusammenhang mit einem neuen Lebensabschnitt.

Die zweite Karte wird mir sagen, was ich tun soll.

Der Ritter der Schwerter erscheint vor mir.

Kernaussage dieser Karte ist, dass ich meinen Verstand nutzen soll. Zugegeben, das war bisher nicht so meine Stärke. Ein einziger Blick konnte meine Welt umkrempeln. Also, Füße stillhalten, ruhig bleiben, meinen Verstand nutzen. Das halte ich für einen guten Tipp!

Die nächste Karte sagt, was ich nicht tun soll.

Ich ziehe die Neun der Kelche.

Die Karte steht für eine glückliche Zeit in einer Beziehung. Demnach sollte ich mich vielleicht erst einmal selbst finden, bevor ich eine neue Beziehung eingehe.

Die letzte Karte soll anzeigen, wohin es führen wird.

Die Acht der Scheiben decke ich auf. Sie steht für Umsicht und Einsicht. Umsicht, genau hingucken. In Ruhe schauen, nicht nur geradeaus, auch um mich herum. Die Einsicht, einsehen, sich selbst sehen und wertschätzen scheint mir ebenso erstrebenswert.

Es soll mir ein wertvolles Ziel sein. Beim letzten Mal war ich ja eher spontan und blind für vieles, für fast alles andere.

Mit den Aussagen der Karten finde ich mich gut zurecht. Auf diese Weise betrachtet, konnte die Beziehung mit Nicole nicht lange funktionieren. Vielleicht ging es in dem Jahr auch nicht darum, dass eine Partnerschaft funktioniert, sondern darum, dass ich etwas über mich selbst lerne?

Die weiteren Karten sind für mich im Moment nicht interessant. Ich möchte mich auf die Aussagen, die ich jetzt schon erhalten habe, konzentrieren und geduldig den nächsten Schritt machen.

Die Wurzel

Es ist die Wurzel allen Übels, die gezogen werden muss.

Ich stelle mir eine Blume vor. Oben endet sie mit der Blüte, mit dem was uns blüht. Wenn die Blätter und die Blüte uns zeigen, welche Auswirkungen es hat, dann müssen wir nach der Wurzel sehen. Über die sichtbaren Faktoren zu sprechen ist nur sinnvoll, wenn wir den Stängel verfolgen und die Wurzel finden.

Wenn meine RCS die Blüte ist, meine Arbeitsunfähigkeit ein Blatt ist, nicht mehr Auto fahren können ein Blatt ist, meine wiederkehrenden Gedanken und Fragen nach dem Warum Blätter sind, also die Auswirkung, das sich auswirken sind, dann muss ich die Wurzel, die Ursache suchen.

Tatsächlich schleiche ich seit Monaten um den heißen Brei herum, weil ich hoffte, dass sich diese Schwellung in meinem Oberkiefer von allein zurückbildet. Allein der Gedanke, zum Zahnarzt zu gehen, bereitet mir großes Unwohlsein. Ich wende mich an Frau Dr. Marleen, die Zahnärztin, die mir Frau Wiebe empfohlen hatte.

Die Praxis ist eher klein, die Zahnarzthelferinnen sind sehr freundlich. Es ist einladend hier, eine angenehme Atmosphäre. Die

Bilder an den Wänden sind groß und modern. Noten und tanzende Strichmännchen sind Boten von Tanz und guter Laune.

Meine Zunge tastet schon fast automatisch nach der Schwellung. Es ist schwer zu sagen, ob diese Beule weiterwächst.

Ich werde aufgerufen. Im Behandlungszimmer werde ich freundlich empfangen: „Bitte nehmen Sie Platz." Ein kleines Namensschild verrät mir den Namen der freundlichen Person. Frau Sonnenschein macht ihrem Namen alle Ehre. Sie legt mir ein Tuch um den Hals und beschäftigt sich weiter hinter meinem Rücken, vermutlich mit den Vorbereitungen der Untersuchung.

Die Zahnärztin kommt herein und begrüßt mich. Ich überlege kurz, wie ich anfangen soll: „Ihnen auch einen schönen Tag! Ich habe eine Schwellung im Oberkiefer und suche nach der Ursache." Ein Finger in einem Gummihandschuh streicht über die Beule. Wann die letzten Röntgenaufnahmen gemacht wurden, möchte sie wissen: „Der Zahnarzt, bei dem ich vorher war, hat Aufnahmen gemacht. Der hat aber keine Ursache finden können."

Das Röntgengerät steht im Nachbarraum. Frau Sonnenschein schraubt mir ein Gestell in den Mund und hängt mir zum Abschied noch eine Bleiweste um. Die Tür geht zu, ein Surren und Knacken folgt, dann geht die Tür wieder auf. Frau Sonnenschein betritt wieder den Raum und befreit mich von der Konstruktion.

Ein seltsames Gefühl breitet sich in mir aus. Die Schwellung pulsiert. Ich versuche, mich zu entspannen. Ich sage mir selbst, dass ich auf meinem, dem richtigen Weg bin. Es kommen Geschehnisse auf mich zu, die unvermeidbar sind. Mich an dem festzuhalten, was jetzt ist, bremst mich nur ab. Ich möchte vorankommen, den Schwung nutzen.

Ein besorgter Blick fängt mich ein: „Eindeutig ist hier eine Wurzelentzündung zu erkennen. Wie lange haben sie die Schwellung schon?" Ich wusste es irgendwie schon vorher und antworte: „Ein paar Monate."

Der zweite Termin. Frau Sonnenschein begrüßt mich herzlich und fragt nach, ob ich gut geruht habe. Ich berichte ihr von einer unruhigen Nacht. „Ein bedrohliches Pulsieren im Oberkiefer hat mich wachgehalten. Und selbst?" Ein charmantes Lächeln bedankt sich nickend. Sie begleitet mich ins Behandlungszimmer. Während ich mich auf den Behandlungsstuhl setze, betritt Frau Dr. Marleen das Zimmer. Sie beginnt mit einer

Einweisung: „Die Krone auf ihrem Backenzahn werde ich gleich entfernen. Darunter erwartet uns eine Menge Arbeit. Ich werde heute damit beginnen, die Wurzel zu reinigen. Wenn wir Glück haben, können wir den Zahn retten. Das kann ich jetzt aber noch nicht beurteilen. Ich beginne gleich mit der Betäubung."

Ich versuche, ruhig zu bleiben und öffne meinen Mund, automatisch schließe ich meine Augen. Eine Spritze geht ans Werk, ein paar Mal. Der Geschmack nach Gewürznelke dringt in mich ein, über Zunge, Mundhöhle und Nase. Die Betäubung dringt in meine Wange und in meine Zunge. Ab und zu öffne ich die Augen. Eine Art Mobile hängt über mir. Es sind Wellen oder Flügel, die sich da drehen.

Frau Dr. Marleen setzt sich neben mich. Die Bohrer werden eingespannt, die pfeifenden Geräusche der Antriebe kündigen ihren Einsatz an. Mein Stuhl wird in seiner Einstellung korrigiert. Ich öffne wieder den Mund.

Es ist kein Schmerz, der mich bewegt, die Betäubung erfüllt ihre Aufgabe. Zwei eher fremde Personen sind mir im Moment jedoch körperlich sehr nahe. Ein sehr persönlicher Bereich von mir, mein Mund, ist weit geöffnet. Es finden darin zerspanende Arbeiten statt. Es wird unter Einsatz von spülendem Wasser gesägt oder gefräst.

Ich versuche ruhig zu bleiben aber ich fühle mich äußerst gestresst. Atmen kann ich nur durch die Nase. Ein Saugrohr wird unter lautem Schlürfen immer wieder in seiner Position korrigiert und lässt trotzdem einen kleinen See in meinem Rachen zurück. Meine Augen sind geschlossen. Der Sprühnebel vom Bohren und Spülen liegt auf meinem Gesicht. Dann wird eine Zange angesetzt. Ich muss mit meinen Halsmuskeln gegenhalten. Ein Ruck folgt und etwas Schweres fällt in meinen Rachen. Ein erbärmlicher Gestank durchdringt meine Nase. Der Gestank von Fäulnis. Ich muss würgen, bin hier ausgeliefert, kann nicht entrinnen. Meine Augen öffnen sich in einem Anfall von Panik. Ich höre beruhigende Worte, die Lehne wird hochgefahren, das Saugrohr aus meinem Mund genommen. Ich darf ausspülen. Ich möchte mich übergeben. Würgereiz setzt ein. Ich richte mich auf und sehe einen Becher mit Wasser vor mir. Dann schießen Tränen in meine Augen. Ich versuche, den Becher zu greifen, aber alles ist plötzlich verschwommen. Ich erwische den Becher, nehme Wasser in den Mund und spucke es gleich wieder aus. Eher, ich lasse es aus meinem Mund fallen, weil ich mit der Betäubung gar nicht spucken kann. Mein Körper wird wieder vom Würgen durchgeschüttelt. Eine tröstende Hand liegt auf meiner linken Schulter, die zweite Hand auf meinem linken Arm. Ich versuche wieder, mich zu beruhigen. Ich spüle erneut, lasse das Wasser durch meinen Mund laufen, so gut es geht und spucke es aus.

Dieser faule Gestank ist dermaßen ekelhaft. Ich rieche ihn noch mit geschlossenem Mund. Ich rieche ihn sogar beim Ausatmen. Ich spüle noch einmal und lasse mich dann erschöpft zurückfallen.

Frau Dr. Marleen fragt verständnisvoll: „Kann es weitergehen?" Ich setze mich aufrecht hin. Tränen schießen aus meinen Augen. Ich kann nicht sagen, warum. Es ist kein Schmerz, den ich empfinde. Meine Nase schreit nach einem Taschentuch. Ich schnäuze aus, trockne meine Augen und falle wieder zurück in den Stuhl. Ich atme bewusst ein, bis in den Bauch hinein, entspanne bewusst alle Muskeln, atme wieder aus. Dann sage ich leise: „Kann weitergehen." Aufmunternde und tröstende Worte kommen von Frau Sonnenschein. Ein Bohrer macht sich ans Werk und beseitigt, was beseitigt werden muss. Der Gestank wird nicht weniger, schon wieder ein Würgereiz aber ich versuche, ihn zu unterdrücken. Ich darf wieder spülen und das tue ich gern. Ich fühle mich etwas stabiler. Die Prozedur wiederholt sich. Dann bekomme ich ein wenig Ruhe. Tränen haben sich aufgestaut. Ich trockne sie und putze meine Nase, lege mich wieder zurück. Ein Provisorium bedeckt das Loch im Zahn.

Ich höre: „Das soll für heute reichen. Sie sind sehr tapfer. Das Schlimmste haben wir geschafft." Ich setze mich aufrecht hin. Dann höre ich noch: „Es sind schon Menschen gestorben, an dieser Art von Entzündung. Sie haben riesiges Glück gehabt. Ich schreibe ihnen für heute eine Krankmeldung und sie bekommen einen neuen Termin." Ich nicke, möchte aufstehen, doch ich bin wie gelähmt. Wieder schießen Tränen aus mir heraus. Ich kann nicht sagen, warum. Dann stehe ich mit wackeligen Beinen auf. Ich gehe in den Warteraum und setze mich wieder.

Mir wird ein Glas Wasser angeboten und ich nehme es an. Ich lehne mich zurück und atme ruhig. Mein Kopf dröhnt wie eine Dampflokomotive. Ich fühle mich wie nach einem Marathon. Erschöpft, aber auf eine seltsame Weise auch befreit, erleichtert. Ich bin froh, dass ich diesen Schritt hinter mir habe. Dann stehe ich auf und nehme meine Jacke. Ich bekomme den versprochenen Termin und die Krankschreibung. „Danke", sage ich und gehe hinaus. Meine Knie sind weich. Ich gehe langsam, Tränen kommen immer noch. Zuhause angekommen falle ich gleich ins Bett.

Am Tag darauf sitze ich wieder im Büro. Jakob verdreht die Augen als ich ihm von der Wurzelbehandlung erzähle. „Ich brauche nicht alle Details", sagt er. „Wann bist du wieder in Behandlung?", fragt er mich. „Gleich morgen früh wieder. Das Schlimmste habe ich überstanden, davon darf ich ausgehen. Es erscheint mir jetzt alles in einem anderen Licht. Die Wurzelentzündung hat sich schon seit vielen Monaten entwickelt. Die bedrohlichen Giftstoffe, die dabei entstanden sind, musste der Körper kapseln, um sich zu schützen. Der Schutzmantel brauchte Platz und das war dann die Schwellung. Dies war die Schwachstelle im System und mein Auge in unmittelbarer Nähe. Verdammt, jetzt kann es nur besser werden." Jakob zeigt sich eher skeptisch. „Du meinst, dass dein Auge heilen wird, weil du beim Zahnarzt warst?" Ich schaue ihn an: „Wenn der Virenscanner arbeitet, wird der Prozessor warm. Wenn die Lichtmaschine defekt ist, geht im Cockpit ein Lämpchen an. Im Winter klemmt die Schuppentür. Alles ist miteinander verbunden, und wenn ich nicht mehr richtig gucken kann, muss ich zum Zahnarzt gehen." Das überzeugt ihn noch nicht. Er fragt: „Und woher soll man dann wissen, wohin man gehen muss, um wieder gesund zu werden?" Ich versuche zu erklären: „Unsere Fachärzte kennen sich hervorragend mit Krankheiten aus. Es sind Spezialisten. Im übertragenen Sinne gäbe es bei Autos eine Werkstatt für Reifen und Bremsen, eine für Motor und Getriebe, eine für Cockpit und Inneneinrichtung." Jakob zieht kurz eine Augenbraue hoch. Dann arbeitet er weiter, aber ich höre ihn förmlich denken. Einen Moment noch, dann sagt er etwas: „Das stellt einiges in Frage, das ist dir klar oder?" Ich nicke, er fährt fort: „Ich bin froh, dass ich eine Arbeit habe, weil ich dann krankenversichert bin, ich dann zum Arzt gehen kann, weil der mich gesundmacht. Wenn ich mich selbst gesundmache, brauche ich keine Krankenkasse und vielleicht noch nicht mal einen Job." Ich merke an: „Vielleicht etwas über das Ziel hinausgeschossen aber schon in die Richtung, die ich meine. Ich bin froh, dass mich die Zahnärztin behandelte, aber wäre ich als Kind nicht mit so viel Zucker versorgt worden, dann gäbe es die Krone vielleicht nicht, unter der die Entzündung ihren Lauf nahm, und somit kommt noch die Lebensmittelindustrie mit ins Spiel. Wenn ich mich gesund ernähre, werde ich weniger, vielleicht gar nicht erst krank. Milch ist in den Mengen nicht gesund, Zucker in raffinierter Form in zu vielen Produkten, Obst und Gemüse ist gespritzt, vielleicht sogar genmanipuliert. Unser Leitungswasser ist versetzt. Die Luft verunreinigt und alles ist mit elektromagnetischen Wellen belastet..." Jakob stoppt mich und lächelt: „Da sind wir wohl über das Ziel hinausgeschossen, was?"

Die Prozedur bei meiner Zahnärztin geht in die nächste Runde. Frau Dr. Marleen setzt wieder die Spritze an. Ich höre sie leise fragen: „Wie ist es Ihnen ergangen?" Ich kann nicht gleich antworten, muss erstmal überlegen: „Sehr gut, wenn ich einschließe, dass sie mir vielleicht das Leben gerettet haben." Sie lächelt unter dem Mundschutz, das sehe ich an ihren Augen und kündigt an: „Wir müssen noch die Zahnwurzel reinigen. Dazu habe ich kleine Spiralen aus Draht, mit denen ich die Kanäle säubern kann. Danach kommt ein Medikament in die Hohlräume. Das wird vorübergehend provisorisch abgedeckt und wir wiederholen die Prozedur beim nächsten Mal. Vermutlich können wir den Zahn erhalten." Ich atme ein und erkläre mich einverstanden: „Genauso machen wir das." Frau Sonnenschein klimpert hinter mir herum, das Mobile zieht seine Kreise. Ich spüre, wie meine Zunge wieder taub wird.

Es geht los. Das Provisorium wird abgenommen. Der Gestank ist wieder da. Ein Bohrer bereitet die Reinigung vor. Die Drähte werden in die Löcher der Zahnwurzel gedreht und herausgezogen. Dabei kommen meine Würgeanfälle wieder zurück. Ekelhaft dieser Gestank. Ich spüle und spucke aus. Es geht weiter. Draht hinein und heraus. Nach einer Weile ist der Weg freier geworden. Die Spiralen reiben wie kleine Feilen in meinem Zahn. Es kommt mir vor, als ob sie bis zu meinem Auge vorstoßen. Wieder überkommt mich ein seltsames Gefühl von Befreiung, als ob ein Ventil geöffnet wird, eine Last abfällt. Eine Form der Erleichterung ist es. Das Medikament kommt in die Wurzelkanäle. Ein Provisorium wird aufgesetzt. Auch für heute bekomme ich wieder eine Arbeitsunfähigkeitsbescheinigung. Damit hatte ich gerechnet. Für den Nachmittag habe ich mich bereits mit Vivian verabredet.

Drei Beine

Es ist Herbst. Vivian gießt uns Tee ein. Ich beobachte ihre Hände, sehe den Dampf aufsteigen. „Du bist so ruhig?", fragt sie. Ich überlege noch kurz: „In meinem Kopf hat sich eine Menge verändert seit der Wurzelbehandlung. Die Schwellung im Oberkiefer ist jetzt ganz verschwunden. Meine Atemwege durch die Nase sind größer geworden. Mit meinem rechten Auge kann ich aber immer noch nicht viel besser sehen, dafür aber mit dem linken! Es ist schon erstaunlich." Vivian ist erfreut: „Wie kann das denn gekommen sein?" Ich bin nicht sicher: „Gegen alles ist ein Kraut gewachsen? Das sagt man doch so schön. Ich esse jeden Tag Karotten und nehme Heidelbeere mit Lutein als Nahrungsmittelergänzung. Meine Lebenseinstellung, meine Bewegung und meine Ernährung haben sich verändert.

Außerdem habe ich eine Theorie entwickelt, bist du interessiert?" Vivian ist gespannt darauf, ich fahre fort: „Meine Gedanken waren; wenn ich mich auf etwas stützen

123

möchte, dann sollte es drei Beine haben, denn auf drei Beinen kann es nicht wackeln. Also sehe ich mir mein Leben an und schaue, ob es fest auf drei Beinen steht. Die Beine sind meine Vergangenheit, meine Gegenwart und meine Zukunft.

Nun schaue ich nach Einflüssen, Zusammenhängen und Abhängigkeiten. Was ist heute, was war und was wird sein? Ich möchte Freiheit, Frieden und Liebe. Ich habe Dinge getan, die ich bereue. Andere waren mir gegenüber ungerecht. Diese Vorgänge in der Vergangenheit muss ich verzeihen, mir selbst und anderen.

Somit habe ich das erste Bein stabilisiert. Wenn ich alles verziehen habe, dann werde ich für die Gegenwart frei. Für die Gegenwart brauche ich Vertrauen. Wenn ich heute vertraue, dann kann es passieren, dass ich enttäuscht werde. Wenn ein solcher Fall eintritt, muss ich wieder verzeihen.

Verzeihen und Vertrauen kann der Weg zum Ausgleich in meinem Leben sein.

Dann muss ich mich noch entscheiden, wie möchte ich mich in der Zukunft verhalten? Oder auch, möchte ich in Zukunft verhaltener, gelassener sein? Auch wenn ich verzeihe und vertraue, so muss ich trotzdem nicht auf jeden Deal eingehen. Das meine ich mit dem Verhalten und verhaltenem Reagieren."

Vivian nickt: „Ja, Verzeihen und Vertrauen ist gut. Das mit dem Verhalten ist mir noch nicht ganz klar." Ich versuche zu erklären: „Die Zukunft ist ungewiss, Verhalten ist ungewiss aber von mir steuerbar. Im Grunde gibt es ja auch keine Zukunft, nur das Hier und Jetzt. Die Gegenwart. Das Vertrauen. Vielleicht ist meine Theorie nicht so wasserdicht, oder?" Vivian neigt den Kopf: „Es ist ein Werkzeug wie viele andere Werkzeuge auch. Der Anwender entscheidet, was er damit anfangen möchte." Ich nicke. „Morgen gehe ich zum Optiker, ich lasse mal meine Augen checken." Vivian lächelt: „Dann sehen wir uns bald wieder und du berichtest brandheiß die neuesten Meldungen? Ich drücke dir die Daumen, dass morgen etwas ganz Tolles passiert."

Ich bin erfreut über die Zuneigung und den Optimismus von Vivian. Es tut mir gut.

Unmöglich?

„Waren sie schon einmal bei uns?", die junge Optikerin ist sehr freundlich. Sie trägt eine große Brille mit dunklem Gestell. Ich lege meinen Brillenpass auf den Tisch und lächle zurück. „Ja, das war ich!" Welchen

Sinn würde es machen, ihr von meiner RCS zu erzählen? Ich lasse einfach alles auf mich zukommen, lebensbejahend, offen für Wunder. „Ich habe so das Gefühl, dass sich meine Augen verändert haben. Um das prüfen zu lassen bin ich hier doch gut aufgehoben, oder?" Sie lächelt zurück: „Sehr gut aufgehoben!" Ich werde aufgefordert, mich vor ein Gerät zu setzen, das meine Augen grob vermessen soll. Die Werte weichen von den Werten in meinem Brillenpass ab. Daher sollen meine Augen feinvermessen werden. Ich bekomme einen Stuhl zugewiesen, um zu warten.

Mit Brille sehe ich links besser als vor der Erkrankung. Das merke ich bei vielen Gelegenheiten. Zum Beispiel in meiner Wohnung oder auf meinem Smartphone und führe es mal auf meine Ernährung und die Heidelbeere zurück. Rechts ist das Sehen auch mit Sehhilfe verschwommen.

Dann nutze ich mal die Wartezeit und teste meine Sehfähigkeit ohne Brille. Ich kann mit beiden Augen ähnlich schlecht in die Ferne sehen. Die Vitrinen mit den Brillen in ca. 5 m Entfernung sind stark verschwommen.

Meine Kurzsichtigkeit wirkt sich hier aus. Ich halte meine Hand so ungefähr 20 cm vor mein Gesicht, jetzt ist sie schon ganz gut zu sehen.

Die Hornhautverkrümmung kommt hinzu. Sie bewirkt, dass ich Kontraste nur in einem bestimmten Winkel scharf sehen kann. Meine Augäpfel sind nicht rund, wie ein Ball, sondern leicht oval.

Ich verdecke mein rechtes, an der RCS erkranktes Auge. Dann halte ich den geraden Brillenbügel vor mein linkes Auge. Im Abstand von etwa 20 cm neige ich ihn aus der Horizontalen leicht nach rechts und kann ihn so scharf sehen. Kurzsichtigkeit und Hornhautverkrümmung kann meine Brille recht gut korrigieren.

Jetzt teste ich mein rechtes Auge. So lange die Netzhauterkrankung den Sehnerv irritiert und die Netzhaut verformt, werde ich mit meinem Versuchsaufbau kein scharfes Bild sehen können. Ich spiele mit dem Bügel vor meinem Auge herum und bin plötzlich wie erstarrt. Auch mit dem rechten Auge kann ich den Bügel scharf sehen. Der Abstand ist eher 15 cm zum Auge und der Winkel größer als mit links aber auch hier kann ich ein scharfes Bild erreichen. Was bedeutet das?

Ich werde aufgerufen und setze meine Brille wieder auf. Ein großer, freundlich lächelnder Mitarbeiter winkt mich heran. Meine neueste Entdeckung ist mir noch nicht ganz klar und beschäftigt mich, aber jetzt habe ich keine Zeit zum Schlussfolgern. Wir gehen in einen kleinen Raum. Ein gemütlicher Stuhl, fast ein Sessel, lädt zum Sitzen ein. Der Optiker murmelt: „Aha", beim Anblick der Werte in meinem Brillenpass im Vergleich zu den Werten der eben vorgenommenen Messung. Er vermittelt mir: „Wir fangen mit ihrem linken Auge an. Das sind die Werte in ihrer jetzigen Brille". Das Gerät vor mir gibt mechanische Geräusche von sich. Ich lege mein Kinn auf die Ablage und schaue auf eine Projektion von Buchstaben auf der gegenüberliegenden Wand. Nach ein paar Sekunden kann ich die obere Reihe gut lesen. Die mittlere Reihe ist nicht klar und deutlich aber mit etwas Konzentration kann ich alles entziffern. In der unteren Reihe sind vier verschwommene Objekte zu sehen. Dann rotieren die Linsen erneut, ich schaue durch das Gerät auf die Buchstaben. Staunend höre ich die Erklärung: „Ihre Kurzsichtigkeit ist kaum verändert aber der Zylinder der Hornhautverkrümmung ist stark zurückgegangen. Die untere Reihe ist jetzt bestimmt lesbar, oder?" Ich lese die untere Reihe ohne Schwierigkeiten vor und bin begeistert. Linsen wandern im Gerät auf und ab, ich gebe einige Rückmeldungen und wir finden noch ein paar feine Verbesserungen durch Ausprobieren.

Jetzt kommt das rechte Auge an die Reihe. Ich werde informiert: „Das sind die Werte der groben Vermessung von vorhin." Dieser Moment ist kaum vergleichbar mit den schönen Momenten zuvor in meinem Leben. In diesem Moment bekomme ich ein Geschenk vom Himmel. Ich höre nichts mehr um mich herum. Ich klebe förmlich fest an dem, was ich sehe. Die mittlere Reihe ist lesbar! Und das ist mein krankes Auge. Wie krank ist es denn eigentlich noch? Eines Morgens war die RCS plötzlich da und jetzt ist sie genauso plötzlich verschwunden? Auch rechts erreichen wir durch Versuchen anderer Einstellungen, dass ich die untere Reihe lesen kann! Ich wollte an Wunder glauben und jetzt erlebe ich ein Wunder!

Meine Welt erschien mir bis vor kurzem noch eindimensional. Ich hatte mich schon fast an meine Seheinschränkung gewöhnt. Dann frage ich: „Wie ist das möglich? Ich habe eine Netzhauterkrankung auf dem rechten Auge." Der Mitarbeiter erklärt: „Ich bin kein Augenarzt und kann ihnen über Erkrankungen nicht viel sagen. Die Werte in ihrer Brille weichen jedoch auf beiden Seiten um mehr als eine Dioptrie von unserer Vormessung ab. Außerdem haben sich auf beiden Seiten die Zylinder verringert und die und Achslage hat sich verändert.

Die RCS ist ganz plötzlich aufgetreten. Eines Morgens war sie einfach da. Die Heilung hat viele Monate gedauert. In dieser Zeit habe ich die Wurzelbehandlung überstanden, die Schwellung im Oberkiefer ging zurück. Sicher sind Nahrung und Nahrungsergänzungen an der Gesundung beteiligt. Mein Lebenswandel war bestimmt ein wichtiger Teil der Gesundung. Die Optikerin empfängt mich vor dem Brillenregal: „Sind sie interessiert an einer Gleitsichtbrille?" Ich kann es nicht glauben und frage nach: „Kommt das überhaupt für mich als Option infrage?"

„Und sie sagt ja!" Lea schaut mich fragend an. Ich fahre fort: „Gleitsicht kam für mich nie infrage, weil es mit meiner Hornhautverkrümmung nicht möglich war und jetzt soll es gehen! Es dauert noch ein paar Tage bis die Brille fertig ist, aber die Freude darüber ist überwältigend!" Lea umarmt mich vor

Freude: „Warum ist denn jetzt plötzlich deine RCS verschwunden?" „Die RCS hat sich über die letzten Monate immer weiter zurückgebildet. Das konnte ich nicht merken, weil sich parallel Zylinder und Achse der Hornhautverkrümmung verändert haben, und damit hatte ich immer eine falsche Korrektur meines Sehfehlers auf der Nase." Lea fragt: „Wie ist das möglich? Die Ärzte konnten dir doch gar nicht die Hoffnung geben, dass sich die RCS komplett zurückbildet." Ich versuche zu erklären: „Wenn Krankheit möglich ist, dann muss doch Gesundheit auch möglich sein."

Wir sitzen in Leas Wohnzimmer. Hier saß ich auch schon in meiner tiefsten Phase, in meiner Verzweiflung über die Trennung von Nicole. Jetzt bin ich ein anderer Mensch geworden.

Eine neue Sicht

Die Augen geöffnet, in mehrfacher Hinsicht. Die Farben erscheinen mir klarer und feiner aufgelöst. Auf Spaziergängen im Park werde ich von den unzähligen Grüntönen überrascht. Die Uhr auf dem Marktplatz hat sich zwar nicht verändert, doch jetzt erkenne ich die Ziffern auch aus weiter Ferne. Ich kann einen fliegenden Vogel genau fixieren und seine Flugbahn abschätzen. Ich sehe die Welt wieder in ihren drei Dimensionen. Ein Gefühl, als könnte ich jede Sekunde jubeln vor Freude.

Ich bin auf dem Weg zu Vivian. Diese Strecke bin ich damals gegangen, nachdem der Augenarzt die Diagnose RCS stellte. Ein paar Kinder kamen mir damals ballspielend entgegen, was mich stark irritierte. Jetzt wehen hier Blätter, schaukeln Äste, ich genieße die Details in der Natur. Ich gehe aufrecht. Mein Blick geht geradeaus. Bin ich früher anders gegangen? Hatte ich meinen Blick eher gesenkt? Ich höre das Geschnatter von Enten und sehe nach rechts. Stockenten schwimmen in einer kleinen Gruppe auf dem Fluss. Ihre Bewegungen lassen Wellen auf dem Wasser wandern. Ich bleibe stehen. Die Blätter an den Bäumen hüllen alles in ein flüsterndes Rauschen ein. Wieder kommt ein Schnattern von den Enten zu mir.

Ich stehe hier und empfange diese wunderschöne Natur. Jetzt schließe ich meine Augen. Auch mit geschlossenen Augen bin ich mir der Anwesenheit dieses Paradieses bewusst. Wind streift meine Haut.

Ein Hund bellt. Ich erschrecke mich etwas. Es ist Zeit, dieses Stückchen Paradies zu verlassen. Ich nähere mich der Straße. Ein Radweg kreuzt meinen Weg. Ich höre ein Surren von links, ein kurzer Blick, ein Rad fährt auf mich zu, ich springe zurück. Der Radfahrer bedient sein Smartphone und nimmt mich im letzten Moment wahr. Sein schuldbewusstes Lächeln lässt mich nicken.

Meine Sinne sind in Aktion und schützen mich. Ich sehe dem Rad nach und beobachte, wie der Fahrer sein Smartphone in die Gesäßtasche steckt. Auch ich bin manchmal abgelenkt beim Radfahren, ich hatte sogar eine verfluchte RCS und bin trotzdem gefahren. Da gab es auch knappe Situationen und ich war froh, wenn ich nicht beschimpft wurde.

Ich bleibe stehen. Schaue einmal ganz langsam von links nach rechts, den Radweg entlang. Bäume in einer Reihe. Parkende Autos. Eine wenig befahrene Straße. Gegenüber verläuft die Häuserreihe. Die Straße zu Vivian. Das Bild wirkt schon fast unheimlich, dreidimensional, detailliert. Ein paar Spatzen hüpfen über den Gehweg in einen Vorgarten. Es sind sechs Stück, sie piepen und zetern. Sie scheinen sehr mit sich selbst beschäftigt zu sein und ihnen ist vermutlich nicht bewusst, wie ich mich über sie freue. Ich entdecke eine Frau hinter einem Fenster gleich gegenüber. Sie schaut in meine Richtung. Ich sehe sie an und lächle ihr zu. Einen Moment später lächelt sie zurück. Diese Welt ist wunderschön!

Ich überquere die Straße. Ich komme zu der Laterne, an die ich mich angelehnt hatte, als ich vom Augenarzt kam. Ich bleibe stehen. Dann drehe ich mich um.

Der Weg hinter mir geht zurück durch den Park, vorbei an all den Menschen, die mir halfen, die Optikerin, meine Zahnärztin, meine Heilpraktikerinnen, Vivian, Lea, Ulrike, Sebastian, Jakob. Vorbei am Tarot, vorbei an der Heidelbeere mit Lutein, vorbei an meinem Rad und vorbei an dem Besuch beim Augenarzt bis hin zu dem Morgen, an dem ich aufwachte und mein rechtes Auge nicht mehr richtig funktionierte. Der Weg war steinig!

Ich drehe mich zurück und frage mich, was liegt jetzt vor mir? Ich gehe weiter zu Vivians Tür. Hier stand ich zusammen mit Nicole, wir küssten uns, bevor wir hinein zu Vivians Geburtstagsfeier gingen. Trauere ich ihr nach? Ich drücke den Klingelknopf. Hinter mir hält ein Auto. „Wartest du schon lange?", Vivian steigt aus den Auto und kommt auf mich zu. Ich verneine und wir begrüßen uns. Dann sage ich: „Wir sind beide im richtigen Moment hier angekommen."

Wir gehen in ihre Wohnung. Es gibt wieder Tee, ich nehme gern eine Tasse. Vivian erzählt von ihren Schwierigkeiten mit ihren Augen: „Ich werde mir auf jeden Fall eine Lesebrille zulegen müssen. Meinst du, dass die Heidelbeere mir da auch helfen könnte?" Ich bin überzeugt: „Nach Millionen Jahren der Evolution sind viele Pflanzen entstanden. Warum sollen wir diese Quelle nicht nutzen? Wir haben in der heutigen Zeit mit Pharmazie und Industrieprodukten nur unseren Instinkt verloren. Die Natur ist immer noch für uns da." „Denkst du manchmal noch an Nicole?", fragt mich Vivian aus dem Nichts. Ich bin leicht erschrocken und gebe zu, dass ich gerade eben vor der Tür an sie dachte. Sie fährt fort: „Eure Trennung hat dich damals ziemlich aus der Bahn geworfen. Was ist davon heute noch geblieben?"

Meine Augen sind geöffnet, mein Blick geschärft, in mehrfacher Hinsicht.

Verzeihen, vertrauen, verhalten.

Habe ich Nicole verziehen? Wir hatten eine stürmische Zeit. Dann kamen Veränderungen in unserer Beziehung. Ich hatte meine Gründe, mich so zu verhalten, wie ich es tat. Dasselbe trifft auf Nicole zu. Wir haben nichts falsch gemacht, haben einfach nur das Hier und Jetzt gelebt. Ihre Entscheidungen konnte ich damals nicht richtig verdauen, dazu brauchte es eine Weile. Sie konnte nicht anders, als zu gehen. Ich konnte nicht anders, als zu bleiben. „Wenn ich mir selbst verzeihen kann, dann kann ich Nicole auch verzeihen", beginne ich zu antworten.

Kommen wir zum Vertrauen. Muss ich ihr vertrauen? Sollte ich mich mit ihr in Verbindung setzen, so müsste ich mich entscheiden, ihr zu vertrauen. Sollte sie mir dann auch vertrauen, so gäbe es vielleicht einen fruchtbaren Austausch. Vielleicht kommt der Tag, an dem wir wieder Kontakt haben? Im Moment ist es eher unwahrscheinlich.

„Nicole ist hin und wieder in meinen Gedanken", gebe ich Vivian zu verstehen. „Bewusst möchte ich sagen, dass es ein abgeschlossenes Kapitel ist. Was geblieben ist? Was bleibt ist die Erinnerung an ein Gefühl. Was sonst bringt uns dazu, das zu tun, was wir tun? Wir suchen Gefühle. Wir wollen glücklich sein, wollen Anerkennung und Liebe. An der Oberfläche suchen wir soziale Kontakte, streben vielleicht nach Reichtum und Macht. Das alles jedoch nur, um schöne Gefühle zu haben." Dann versinke ich etwas in vergangene Tage: „Wenn ich die Zeit zurückdrehen könnte, dann zu dem Moment, an dem ich zum ersten Mal mit Nicole am Frühstückstisch saß. Ich hatte mein Herz so voll mit Liebe und Glück. Vielleicht gab es noch weitere, ähnlich schöne Momente in meinem Leben, aber keinen, der diese Erlebnisse mit Nicole in den Schatten stellen könnte. Das ist mein Blick zurück, der mir den Kopf verdrehen könnte. Ich möchte nicht zurück. Ich möchte nach vorn. Die Zukunft ist ungewiss aber gewiss nicht so, wie die Vergangenheit."

Ende und Anfang

Die Straße zieht langsam an mir vorüber. Ich lausche zu „Tumbling Tumbleweed" von Roy Rogers & Sons Of The Pioneers. Ich bin entspannt. Es ist Dienstag. Ich fahre langsamer, biege ab. Auf dem Parkplatz des „Blue Star Lane" halte ich an und schalte den Motor aus. Ich prüfe meine Augen, halte eine Hand vor mein rechtes Auge. Dann verdecke ich mein linkes Auge. Ein leichter Sehfehler ist festzustellen. Es gibt also weiterhin eine Dynamik.

Durch die Gleitsichtbrille sehe ich, je nach Entfernung des Objektes, an einer bestimmten Stelle der Gläser ein scharfes Bild. Durch die Dynamik, Gesundung, Veränderung meiner Augen kann es sein, dass der Winkel des scharfen Sehens durch die Gläser links und rechts voneinander abweicht. Alles ist in Bewegung.

Ich kann gut damit leben.

Jetzt sehe ich Sebastian, er rollt mit seinem Rad in Richtung Fahrradständer. Ich steige aus und gehe zu ihm. Wir begrüßen uns, ich rufe: „Kerl!" Gemeinsam schwingen wir durch die Eingangstür. Im Sprung nehmen wir die Treppe und begrüßen Mike. „Wie in alten Zeiten?", kommt von ihm. Wir lächeln. Mike korrigiert: „Aber etwas ist doch anders, die 22 ist außer Betrieb, habe die 14 für euch reserviert." Wir setzen uns an die 14 und schauen uns um. Die Sitze sind anders, irgendwie gemütlicher.

Für einen Moment rieche ich etwas Vertrautes, süßlich und warm, dann verschwindet der Duft gleich wieder. Irgendetwas ist anders, hat sich verändert, wie ein neues Licht, eine neue Farbe. Gewohnt und doch neu. Ist es mein neues Wohlgefühl? Als ob eine Spannung in mir verschwunden ist. Meine Zunge tastet meinen Oberkiefer ab. Die Schwellung ist komplett verschwunden. Beim Atmen habe ich immer wieder das Gefühl, als ob die Atemwege größer geworden sind. Die Schwellung war eben nicht nur in meinem Mund, sondern auch in meinen Nebenhöhlen. Ich atme leichter. Ich bewege mich allgemein leichter, bin aufrechter, wacher, aufmerksamer.

Eine Stimme dringt zu mir durch. „Das kleine Bier?" Ich verneine. Sebastian steht auf, macht zwei Schritte und kehrt um. „Hast du nein gesagt?" Sebastian ist ein guter Bowler und ein guter Freund. Wird er es verstehen? Ich sage: „Eine Flasche des besten Wassers, das hier erworben werden kann und dazu ein Glas." Ich lächle ihn an und bekomme ein Nicken zurück. Er geht zum Tresen und ich habe wieder diesen Duft in der Nase. Er erinnert mich an jemanden. Nein, nicht jemanden, er erinnert mich an meine Kindheit. Es ist der Duft von Honigwaben in der Sonne. Mein Opa war Imker, oft stellte er die Boxen mit den Waben in die Sonne, damit die Wärme der Sonne den Honig aus den Waben löst. Ich hatte damals diese mühelose Art zu laufen, zu springen. Die Sonne wärmte mich, die Natur gab mir Kraft und der Duft nach Honigwaben in der Sonne ist damit verbunden. Ich spüre sogar die Sonne, ihre Wärme auf meiner Haut.

Alles um mich herum scheint etwas langsamer, gemütlicher zu laufen.

Ich wechsle meine Schuhe. Dann stehe ich auf und wähle eine Kugel für den Spielabend. Vivian und Lea haben Sebastian eingehakt und begleiten ihn lächelnd zu unserer Bahn. Diese drei lächelnden und lieben Menschen sind für mich ein großes Glück.

Meine Schwester ist immer für mich da, unsere Beziehung wird immer besser. Ich bin offener ihr gegenüber geworden.

Vivian kann ich alles anvertrauen. Sie ist eine tolle Zuhörerin und hat eine Ruhe, mich auf einen neuen Weg zu bringen, der mir jedes Mal guttut.

Sebastian und ich verstehen uns wortlos.

Mit dieser Liebe in mir kann ich nur zurücklächeln.

Wir begrüßen uns herzlich und reden durcheinander und aneinander vorbei, bis wir merken, dass eigentlich alle reden und keiner zuhört. Dann warten wir plötzlich alle darauf, dass jemand etwas sagt. Großes Gelächter folgt.

Lea beginnt: „Es ist super schön mit euch, umso schwerer fällt es mir, euch zu sagen, dass ich mich für einen Sprachkurs angemeldet habe. Ich wollte schon immer Italienisch lernen, der Kurs findet dienstags statt. Nach den Ferien geht's los. Es ist sehr spannend für mich, diesen Schritt zu tun."

Sebastian lächelt: „Am Wochenende hat mich Ulrike mit ihren Berichten vom Yoga begeistert. Sie hat sich vor einiger Zeit bei einem Yoga-Kurs angemeldet. Jeden Dienstagabend ist sie dort, während wir bowlen. Ich finde es sehr interessant, was sie darüber berichtet. Vielleicht ist es ein guter Zeitpunkt, mir Yoga mal genauer anzusehen."

Vivian sieht mich an: „Wenn sich eine Tür schließt." Ich vervollständige: „Dann öffnet sich eine andere Tür. Jetzt sind wir noch hier und jetzt wird gebowlt!" Wir heben unsere Gläser und rufen: „Auf uns!"

Ich stehe auf der Bahn und konzentriere mich. Meine Augen sind geschlossen. Ich spüre den Raum um mich herum, das Gewicht der Kugel und meinen Stand auf dem Boden. Ich atme tief ein und beginne beim Einatmen mit meiner Bewegung nach vorn. Mein Arm ist auf seinem Weg nach hinten und in diesem Moment gibt es eigentlich nur diese kleine Welt um mich herum.

Aber dieses Mal bin ich wieder abgelenkt. Die eingeatmete Luft brachte wieder diesen Honigduft in meine Nase. Den Wurf abbrechen? Nein, weitermachen. Meine Augen sind geöffnet. Ein Schatten rechts von mir begleitet mich. So denke ich an rechts und nicht geradeaus. Ich verfolge anfangs noch den Lauf der Kugel und sehe, dass auch sie von einem Schatten begleitet wird. Die beiden Kugeln scheinen sich anzuziehen, sie rollen immer näher aufeinander zu und landen so in der Rinne. Jetzt schaue ich nach rechts.

Fast wie ein Spiegelbild steht diese Person auf der Nachbarbahn. Wir schauen verwundert aber nicht verärgert, nicht überrascht. Wir gehen zurück zu unserer Gruppe. Es sind zwei freie Plätze, die uns mit dem Rücken zueinander sitzen lassen. Wir nehmen dort Platz. Jetzt rieche ich diesen Duft wieder. Ich spüre die Wärmestrahlung hinter mir.

Meine Freunde beobachten mich, aber ich kann mich nicht wehren. Ich muss mich umdrehen zu ihr. Die Haare hochgebunden, ein paar kleine Löckchen kringeln sich auf ihrem langen Hals. Mein Herz schlägt wie verrückt. Meine Vernunft grätscht dazwischen. Warnung. Halt. Vorsicht. Ich nehme die Warnung ernst und bleibe ruhig. Ich atme ein, Honigduft, ganz tief und wieder aus.

Bin ich schüchtern oder zu vorsichtig? Wer soll das sagen? Ich bin, wie ich bin. Dinge passieren oder passieren nicht, und zwar im richtigen Moment. Merkwürdig ist, dass ich damit rechnen konnte, dass etwas in der Art passiert, dass ich wieder eine Begegnung haben werde, die mich aus der Bahn wirft oder werfen kann. Ich habe kein Rezept für mein Verhalten. Nach ihrem Namen fragen, das möchte ich.

Sebastian ist auf der Bahn, Vivian und Lea sitzen mir gegenüber und flüstern. Nicht, weil es geheim ist, was sie untereinander austauschen, wohl eher, weil sie mich nicht stören möchten.

Ich mache einen Plan. Ich werde mich umdrehen. Wenn ich ein gutes Gefühl habe, gehe ich einen Schritt weiter. Ich stelle mich dann vor. Wenn es sich nicht gut anfühlt, bin ich nur zum Bowlen hier und bleibe bei mir.

Ich drehe mich um und sehe wieder diesen langen Hals und diese kleinen Löckchen darauf. Ich sehe links und rechts an ihr vorbei. Drei weitere Frauen sind mit ihr hier. Eine davon sitzt gegenüber und sieht mich an. Sie zieht fragend die Augenbrauen hoch, lächelt ein wenig und neigt den Kopf leicht nach vorn. Keine Ahnung, ob ich jetzt ein gutes oder ein schlechtes Gefühl habe. Ich drehe mich zurück und sehe Sebastian von der Bahn kommen.

Vivian steht auf und schaut mich kurz an. Ihr Lächeln sagt mir, dass alles gut ist, wie es ist. Also bleibe ich bei mir. Lea schaut mich erwartungsvoll an. Ich lächle zurück und setze mich zu ihr. Wir schauen beide auf die Nachbarbahn. Ich sage leise zu Lea: „Du brauchst nichts sagen". Dann legt sie ihre Hand auf meine Hand und flüstert mir ins Ohr: „Würde ich aber gern!" Vivian kommt von der Bahn zurück.

Ich bin an der Reihe. Ich stehe auf und gehe auf meine Startposition. Ein kurzer Blick nach rechts. Sie steht wieder neben mir. Ich nehme meine Kugel hinter den Rücken und mache einen kleinen Schritt rückwärts. Ein äußerst charmantes Lächeln mit einem beruhigenden, kleinen Nicken gibt mir ein wohlig warmes Gefühl.

Nachwort

Verehrter Leser.

Der Inhalt dieses Romans ist frei erfunden. Nichts von dem ist wirklich passiert, aber was bedeutet schon „wirklich"?

Alles wirkt.

Es kann alles so geschehen sein, wie geschrieben und tatsächlich sind auch ein paar Szenen nah an dem, was ich erlebt habe.

Eine Wurzelbehandlung hatte ich tatsächlich.

Die RCS hatte bzw. habe ich tatsächlich. Die Symptome sind manchmal ganz verschwunden. Es gibt Tage, an denen ich rechts mit meinem kranken Auge besser sehen kann, als mit dem linken Auge. Es ist auch immer die Frage des Zusammenspiels von Augen und Brillengläsern. Verändern sich meine Augen, und das tun sie immer noch, so passt die Brille nicht mehr so gut zum Sehfehler. Das wird dann erst mit neuen Gläsern optimiert.

Die Veränderungen verlaufen nicht linear. Dazu gibt es äußere und innere Faktoren, die meinen Zustand beeinflussen, wie zum Beispiel Wetterfühligkeit oder emotionale Belastungen.

Eine Form der emotionalen Belastung ist auch das Schreiben dieses Buches gewesen.

Meine Schreibphasen wurden immer wieder unterbrochen und anscheinend kamen die Auslöser für diese Unterbrechungen von außen. Wenn ich aber genau hinsehe, dann stelle ich fest, dass ich mich mit dem Schreiben der belastenden Zeiten schwerer tat. Freudige Ereignisse ließen sich lockerer herunterschreiben. Das erneute Durchleben der Klinikbesuche und der Wurzelbehandlung hatten mein rechtes Auge massiv betroffen. Den Zusammenhang hatte ich nicht gleich erkannt, es versetzte mich leicht in Unruhe.

Die RCS ist ein Teil von mir, wie ein schwaches Glied in der Kette. Manchem juckt die Brust, wenn es Schnee gibt, anderen zieht es im Bein bei Wetterumschwung. Meine Wetterfühligkeit liegt im Auge. Das ist keine Krankheit mehr, das bin ich.

Jeder darf selbst entscheiden. Auto oder Fahrrad, offen sein oder sich verschließen, Schulmedizin oder Hilfe in der Natur suchen. Alles bringt uns irgendwo hin. Somit soll hier kein erhobener Zeigefinger ausgedrückt sein, nur Möglichkeiten aufgezeigt werden, wie man auf bestimmte Umstände reagieren kann.

Dieser Dominik ist mir während des Schreibens und Lesens immer mehr ans Herz gewachsen. Ich werde versuchen, ihn

146

auf meiner Homepage Fortsetzung.de vorzustellen und euch Gelegenheit geben, ihm ein paar Worte zu hinterlassen.

Viele Menschen haben mich in den letzten Jahren begleitet und ich habe einen kleinen Teil ihres Lebens erfahren dürfen. So klein ist wohl auch der Teil meines Lebens, den die anderen von mir erfuhren. Viele Geschichten hört man, aber man taucht nicht in sie hinein. Ein Blick auf das Meer kann einen berühren, aber man taucht nicht in das Meer hinein. Dieses Buch soll und kann kein Meer sein, vielleicht eine Lagune, in die ich den Leser einladen möchte.

Hinzufügen möchte ich noch die Triebfedern, welche mich motivierten, Menschen, die an mich und meine Idee glaubten, und wussten, dass ich dieses Buch schreiben muss. Ich musste es für mich schreiben, um mir zu beweisen, dass ich das kann. Ich habe es für andere geschrieben, um ihnen zu zeigen, dass es so viele Wege gibt, die gegangen werden können.

Mein guter Freund Vedat Basarin hat sicher den größten Einfluss gehabt. Unnachgiebig hat er mich motiviert mit unzähligen Geschichten von anderen erfolgreichen Personen, die nicht aufgehört haben, ihren Weg zu gehen: „Bewegung ist der Schlüssel, darin liegt der Weg, also schreibe weiter und bringe dieses Buch zu den Menschen." Danke auch für die hartnäckigen Empfehlungen zur Einnahme der Heidelbeere mit Lutein.

Meine lieben Freunde Katharina, Marit Koch, Mathias Voigt, Cornelia Linke, Antje Möller, Inge Peter und meine Schwester Katrin haben meine Manuskripte gelesen und sich hineinbegeben in diese Welt, um dann meist vorsichtig mit Bleistift, mal ganz klein am Rand, dazu Stellung zu nehmen. Diese kleinen Hinweise waren mir eine sehr große Hilfe!

Viele weitere Hilfen durch Begegnungen waren wie die perfekten Trauben für einen guten Wein. Im gleichen Maße habe ich auch die Menschen gebraucht, die nicht besonders an meiner Leidenschaft, dieses Buch zu schreiben, interessiert waren. Sie ließen mich immer wieder mich selbstkritisch betrachten und waren das solide Fass, in dem sich erst die Reife entwickeln konnte.

Zeitfracht Medien GmbH
Ferdinand-Jühlke-Straße 7
99095 Erfurt, Deutschland
produktsicherheit@kolibri360.de